Patricia Cornwell (Florida, 1956), directora de Ciencia Forense Aplicada en la National Forensic Academy, ha recibido múltiples galardones en reconocimiento a su obra literaria; destacan los premios Edgar, Creasey, Anthony, Macavity, el francés Prix du Roman d'Aventure, el galardón británico Gold Dagger y el Galaxy British Book Award. En 1999, la doctora forense Kay Scarpetta, protagonista de la mayoría de sus novelas, recibió el premio Sherlock al mejor detective creado por un autor estadounidense. Actualmente se está trabajando en la adaptación cinematográfica de la serie de la doctora Scarpetta a la gran pantalla, con Angelina Jolie como protagonista.

La obra de Cornwell ha sido traducida a más de treinta y dos idiomas. Hasta la fecha, Ediciones B ha publicado *La jota de corazones, Cruel y extraño, La granja de cuerpos, Una muerte sin nombre, Causa de muerte, Un ambiente extraño, El avispero, Punto de partida, Identidad desconocida, La cruz del Sur, El último reducto, La isla de los perros, La mosca de la muerte, Retrato de un asesino: Jack el Destripador. Caso cerrado, La huella, Predator, ADN asesino, El Libro de los Muertos, Scarpetta* y *El factor Scarpetta.*

www.patriciacornwell.com

MAXI

El Frente

PATRICIA CORNWELL

MAXI

A Ursula Mackenzie,
que tan extraordinariamente
me publica en el Reino Unido

Título original: *The Front*
Traducción: Eduardo Iriarte Goñi
1.ª edición: septiembre 2012

© Cornwell Enterprises, Inc., 2008
© Ediciones B, S. A., 2012
   para el sello B de Bolsillo
   Consell de Cent, 425-427 - 08009 Barcelona (España)
   www.edicionesb.com

Printed in Spain
ISBN: 978-84-9872-701-2
Depósito legal: B. 18.131-2012

Impreso por Artes Gráficas Jurado S.L.
         C/ Fontsanta, 2 bajos
         08970 Sant Joan Despí (Barcelona)

1

Win Garano deja dos cafés *latte* en una mesa de picnic delante de la Facultad de Ciencias Políticas John F. Kennedy. Es una tarde soleada de mediados de mayo y Harvard Square está abarrotada. Se sienta a horcajadas en un banco, vestido con excesiva elegancia y sudoroso con un traje negro de Armani y zapatos negros de charol Prada, prácticamente seguro de que su propietario original está muerto.

Esa sensación le dio cuando la dependienta de la tienda de ropa de segunda mano Hand-Me-Ups le dijo que podía quedarse con el traje «ligeramente usado» por noventa y nueve dólares. Luego le sacó trajes, zapatos, cinturones, corbatas y hasta calcetines. DKNY, Hugo Boss, Gucci, Hermès, Ralph Lauren. Todos del mismo «famoso cuyo nombre no le puedo decir», y a Win se le pasó por la cabeza que no mucho tiempo atrás un receptor abierto de los Patriots había muerto en un accidente de tráfico. Noventa kilos, uno ochenta, musculoso pero tampoco hecho un toro. En otras palabras, más o menos de la talla de Win.

Está sentado solo a la mesa de picnic, más cohibido a

cada momento. Estudiantes, profesores, la elite —la mayoría con vaqueros, pantalones cortos y mochilas—, se arraciman en otras mesas, absortos en conversaciones que incluyen muy pocos comentarios acerca de la aburrida conferencia que la fiscal de distrito, Monique Lamont, acaba de dar en el Foro. «Ningún vecino queda atrás.» Win le advirtió que era un título un tanto confuso, por no hablar de un tópico banal para un escenario político tan prestigioso. Seguro que no le agradece que estuviera en lo cierto. A él no le hace ninguna gracia que lo haya hecho acudir en su día libre para mangonearlo y menospreciarlo. Toma nota de esto. Toma nota de aquello. Llama a tal y cual. Tráele un café, de Starbucks. Con leche desnatada y edulcorante sin calorías. Espérala fuera con el calor que hace mientras ella alterna en el interior del Centro Littauer con aire acondicionado.

Con mirada hosca la observa salir del edificio de ladrillo, escoltada por dos agentes de paisano de la Policía del Estado de Massachusetts, donde Win es investigador de Homicidios, actualmente destinado a la unidad de detectives de la fiscal de distrito del condado de Middlesex. En otras palabras, a las órdenes de Lamont, que lo llamó anoche a su casa y le dijo que, «a partir de este mismo momento», estaba exento de sus obligaciones habituales. «Te lo explicaré tras mi conferencia en el Foro. Nos vemos a las dos.» Sin más detalles.

Se detiene para conceder una entrevista a la filial local de ABC y luego a la Radio Pública Nacional. Habla con periodistas de *The Boston Globe*, Associated Press, y con ese alumno de Harvard, Cal Tradd, que escribe para el *Crimson* y se cree que es del *Washington Post*. La prensa adora a Lamont. La prensa adora detestarla. A nadie le resulta indiferente la poderosa y preciosa fiscal de distrito, hoy tan llamativa con un traje verde intenso, Escada, de la colección de primavera de este año. Por lo visto, últimamente se ha dedicado a ir de compras, porque lleva un traje distinto cada vez que la ve Win.

Sigue hablando con Cal conforme cruza con paso seguro la plaza de ladrillo, por delante de inmensas macetas de azaleas, rododendros y cornejos rosas y blancos. Rubio, de ojos azules, el guaperas de Cal, tan sereno y sosegado, tan seguro de sí mismo, nunca se aturde, nunca frunce el ceño, siempre tan condenadamente agradable. Dice algo mientras garabatea en la libreta, y Lamont asiente, y el muchacho dice algo más, y ella sigue asintiendo. A Win le gustaría que el chaval cometiera alguna estupidez y lo echaran de Harvard. Que lo expulsaran por suspender sería aún mejor. Vaya pelmazo del demonio.

Lamont despide a Cal, indica a su protección de paisano que le permita cierta intimidad y se sienta delante de Win, sus ojos ocultos tras unas lustrosas gafas con los vidrios tintados de gris.

—Creo que ha ido bastante bien. —Coge el café *latte* sin darle las gracias.

—No es que haya asistido mucha gente, pero, por lo visto, has dejado las cosas claras.

—Salta a la vista que la mayoría de la gente, incluido tú, no concibe la enormidad del problema. —Ese tono rotundo que utiliza cuando ha visto insultado su narcisismo—. El declive de los barrios es tan destructivo en potencia como el calentamiento global. Los ciudadanos no tienen el menor respeto por la aplicación de la ley, ningún interés en ayudarnos o ayudarse mutuamente. Este fin de semana estaba en Nueva York, paseando por Central Park, y vi una mochila abandonada en un banco. ¿Crees que a alguien se le ocurrió llamar a la policía?

¿Pensar tal vez que podía haber un artefacto explosivo en su interior? No. Todo el mundo seguía su camino, convencidos de que, si saltaba por los aires, no era problema suyo siempre y cuando no resultaran heridos, supongo.

—El mundo se está yendo al infierno, Monique.

—La gente se ha refugiado en la autosatisfacción, y lo que vamos a hacer al respecto es lo siguiente —dice—. He levantado el escenario. Ahora vamos a crear la acción dramática.

Con Lamont, cada día es un drama.

Juguetea con el café *latte*, mira en torno para ver quién la está mirando.

—¿Cómo llamamos la atención? ¿Cómo conseguimos que gente que está harta, desensibilizada, se preocupe por el crimen? ¿Se preocupe tanto como para tomar la decisión de implicarse hasta la raíz del problema? No puede tratarse de pandillas, drogas, robos de vehículos, atracos, allanamientos. ¿Por qué? Porque la gente quiere un problema criminal que, no nos engañemos, sea noticia de primera página pero les ocurra a otros, no a ellos.

—No sabía que la gente quisiera un problema criminal.

Win repara en una joven flaca y pelirroja con un estrafalario peinado que se entretiene cerca de un arce japonés no muy lejos de ellos. Vestida como esa muñeca de trapo, Raggedy Ann, con medias a rayas y zapatones. La vio la semana pasada, en el centro de Cambridge, merodeando delante del palacio de justicia, probablemente a la espera de comparecer ante un juez; probablemente por algún delito menor como robar en una tienda.

—Un homicidio sexual sin resolver —dice Lamont—. Cuatro de abril de 1962, Watertown.

—Ya veo. Esta vez no se trata de un caso olvidado y

frío, sino de uno congelado —replica Win, que sigue con la mirada puesta en Raggedy Ann—. Me sorprende que sepas siquiera dónde está Watertown.

En el condado de Middlesex, su jurisdicción, junto con otras aproximadamente sesenta modestas municipalidades más que traen sin cuidado a Lamont.

—Seis kilómetros cuadrados, treinta y cinco mil habitantes, una base étnica muy diversa —dice—. El crimen perfecto que casualmente se cometió en el perfecto microcosmos para mi iniciativa. El inspector jefe te emparejará con su detective principal... Ya sabes, esa que aparece en el escenario del crimen con la furgoneta monstruosa. Vaya, ¿cómo suelen llamarla?

—Stump.*

—Así es, porque es baja y gorda.

—Lleva una prótesis. Le amputaron la pierna por debajo de la rodilla —le explica él.

—Qué insensibles pueden llegar a ser los polis. Me parece que ya os conocéis, de la tienda de comestibles donde trabaja media jornada. Eso es un buen comienzo. Conviene ser amigo de alguien con quien vas a pasar mucho tiempo.

—Es una *delicatessen* de lujo para *gourmets*, y no se trata de un mero trabajo a media jornada, y no somos amigos.

—Pareces a la defensiva. ¿Es que salisteis juntos y tal vez no congeniasteis? Porque eso podría suponer un problema.

—No hay nada personal entre nosotros, ni siquiera he trabajado en ningún caso con ella —responde Win—.

* El término *stump* viene a ser «retaco», pero también «muñón». *(N. del T.)*

— 13 —

Pero yo diría que tú sí, porque en Watertown se cometen cantidad de crímenes, y ella lleva de servicio casi tanto como tú.

—¿Por qué? ¿Te ha hablado de mí?

—Por lo general, hablamos de quesos.

Lamont mira el reloj de pulsera.

—Vamos a centrarnos en los hechos del caso. Janie Brolin.

—No había oído hablar de ella.

—Británica. Era ciega, decidió pasar un año en Estados Unidos, escogió Watertown, probablemente debido a Perkins, tal vez la institución de enseñanza para ciegos más famosa del mundo, donde estudió Helen Keller.

—Perkins no estaba ubicada en Watertown en los tiempos de Helen Keller, sino en Boston.

—¿Y por qué sabes tú semejantes trivialidades?

—Porque soy un tipo trivial. Y es evidente que llevas una buena temporada planeando este drama, así que, ¿por qué esperas hasta el último momento para ponerme al tanto?

—Se trata de algo muy delicado y hay que llevarlo con suma discreción. Imagina ser ciega y darte cuenta de que hay un intruso en el apartamento. Está el factor del horror y algo mucho más importante. Creo que vas a descubrir que bien podría haber sido la primera víctima del Estrangulador de Boston.

—¿Has dicho a principios de abril de 1962? —Win frunce el ceño—. Su presunto primer crimen no fue cometido hasta dos meses después, en junio.

—Eso no significa que no hubiera matado antes, sólo que no se vincularon con él casos previos.

—¿Cómo quieres que demostremos que el asesinato de Janie Brolin, o el de las otras trece presuntas víctimas del Estrangulador, si a eso vamos, lo cometió él cuando en realidad no sabemos quién era?

—Tenemos el ADN de Albert DeSalvo.

—Nadie ha conseguido probar que fuera él el Estrangulador, y lo que es más importante, ¿disponemos de ADN del caso de Janie Brolin para establecer comparaciones?

—Eso tienes que averiguarlo tú.

Es evidente por su actitud que no hay ADN y ella lo sabe perfectamente. ¿Por qué iba a haberlo, cuarenta y cinco años después? Por aquel entonces, no había nada parecido a ADN forense, ni siquiera se preveía que fuera a haberlo algún día. Así que ya puede olvidarse de demostrar o refutar nada, por lo que a él respecta.

—Nunca es tarde para hacer justicia —pontifica Lamont, o «Lamontifica», como lo llama Win—. Es hora de unir a los ciudadanos para combatir el crimen. Recuperar nuestros barrios, no sólo aquí sino en todo el mundo. —Lo mismo que ha dicho en su conferencia, tan poco estimulante—. Vamos a crear un modelo que se estudiará en todas partes.

Raggedy Ann envía mensajes de texto con el móvil. Vaya tía grillada. Harvard Square está llena de gente así. El otro día, Win vio a un tipo lamiendo la acera delante del Coop.

—Evidentemente, ni una palabra a la prensa hasta que el caso esté resuelto. Luego, claro, me encargaré yo. Hace mucho calor para ser mayo —se queja, al tiempo que se levanta de la mesa—. Mañana por la mañana, Watertown, a las diez en punto, en el despacho del inspector jefe.

Deja el café *latte*, que apenas ha probado, para que él lo tire a la basura obedientemente.

Una hora después, Win está acabando su tercera serie de repeticiones en el banco de ejercicios cuando su iPhone vibra como un gran insecto. Lo coge, se enjuga la cara con una toalla y pone el manos libres.

—Lo siento. Es cosa tuya —dice Stump, en respuesta al mensaje de voz que le ha dejado antes.

—Ya hablaremos luego. —No tiene la menor intención de hablar del asunto en medio del gimnasio *spa* del Hotel Charles, que no puede permitirse pero tiene permitido utilizar a cambio de su experiencia y contactos en asuntos de seguridad.

En el vestuario, se da una ducha rápida y vuelve a ponerse el mismo atuendo salvo el calzado, que se cambia por botas de moto. Coge el casco, la cazadora de malla reforzada y los guantes. Tiene la moto aparcada delante del hotel, una Ducati Monster roja, protegida por conos de tráfico, en su plaza reservada en la acera. Está metiendo la bolsa del gimnasio en el pequeño portaequipajes para después cerrarlo cuando se le acerca Cal Tradd.

—Ya imaginaba que un tipo como tú tenía que montar una Superbike —comenta Cal.

—¿De verdad? Y eso, ¿por qué? —dice Win, antes de poder evitarlo.

Lo último que le apetece es entablar batalla con ese cabroncete consentido, pero lo ha pillado con la guardia baja: nunca se le habría pasado por la cabeza que Cal supiera nada de motos, y mucho menos de una Ducati 1098 S Superbike.

—Siempre he querido tener una —confiesa Cal—. Ducati, Moto Guzzi, Ghezzi-Brian. Pero empiezas a dar clases de piano a los cinco años y ya puedes despedirte hasta del monopatín.

Win está harto de que se lo recuerde. El mini Mozart, que ya daba recitales a los cinco.

—Bueno, ¿cuándo vamos a salir a dar una vuelta en moto juntos? —continúa Cal.

—¿Qué problema tienes con las palabras «no» o «nunca»? No salgo a andar en moto acompañado y detesto la publicidad. Y te lo he dicho... a ver, ¿unas cincuenta veces a estas alturas?

Cal hurga en un bolsillo de los pantalones holgados, saca un papel doblado y se lo entrega.

—Son mis números, los mismos que probablemente tiraste la última vez que te los di. Igual me llamas y me das una oportunidad. Tal como dijo Monique en su conferencia, los polis y la comunidad tienen que trabajar juntos. Están pasando muchas cosas desagradables por ahí.

Win se larga sin un «nos vemos» siquiera y se dirige hacia el Mercado del Gourmet Pittinelli's, otro lugar que no puede permitirse. Tuvo que armarse de valor hace un par de meses para entrar a ver si conseguía llegar a un acuerdo con Stump, de quien había oído hablar aunque no la conocía aún. No son amigos, probablemente ni siquiera se llevan bien, pero tienen un acuerdo mutuamente beneficioso. Ella le hace descuento porque Win es policía del estado y tiene su base de operaciones en Cambridge, donde está el mercado. El asunto es el siguiente: resulta que los polis de Cambridge ya no multan a las camionetas de reparto de Pittinelli's cuando superan el tiempo de aparcamiento reglamentario de diez minutos.

Abre la puerta de entrada y se topa con Raggedy Ann, que se dirige hacia la salida al tiempo que lanza una lata vacía de Fresca en un cubo de basura. La tía rara hace como que no le ve, tal como ha hecho hace un rato en la Facultad de Ciencias Políticas. Ahora que lo piensa, la semana pasada también se comportó como si Win fuera invisible, cuando estaba a las puertas del palacio de justicia, y pasó a escasos centímetros de ella, e incluso musitó «perdón». De cerca, huele a polvos de talco para niños. Igual es por todo el maquillaje que lleva.

—¿Qué pasa? —dice Win, que se cruza en su camino—. Por lo visto, no hacemos más que encontrarnos una y otra vez.

Ella se abre paso y sale apresuradamente a la acera transitada, se cuela por una calle lateral y desaparece.

Stump está llenando estantes de aceite de oliva, en el aire un olor acre a quesos importados, *prosciutto*, salami. Un universitario está sentado detrás del mostrador, absorto en una edición de bolsillo; por lo demás el comercio está vacío.

—¿De qué va esa Raggedy Ann? —le pregunta Win.

Stump, acuclillada en el pasillo, levanta la mirada y le pasa una botella con corcho que tiene forma de petaca.

—Frantoio Gaziello. Sin depurar, un poco grasiento, con una pizca de aguacate. Seguro que te encanta.

—¿Sabes la chica que acaba de salir de tu tienda? Pues hace un rato estaba rondándonos a Lamont y a mí en la Facultad de Ciencias Políticas. También la he visto a la entrada del palacio de justicia. Vaya coincidencia, ¿eh? —Se queda mirando la botella de aceite de oliva en busca del precio—. Igual me está siguiendo los pasos.

—Yo lo haría, si fuera una sin techo tarada y lastimosa que se cree una muñeca repollo. Probablemente de uno de los refugios de la zona —añade Stump—. Entra y sale, nunca compra nada salvo Fresca.

—Pues se la ha bebido en un abrir y cerrar de ojos, a

menos que no la haya acabado. La ha tirado al cubo cuando salía del comercio.

—Es su *modus operandi*. Mira, se toma la Fresca y se marcha. Es inofensiva.

—Bueno, pues empieza a darme mal rollo. ¿Cómo se llama, y en qué refugio se aloja? Creo que sería buena idea ver si tiene antecedentes.

—No sé nada de ella salvo que no anda bien —responde al tiempo que hace girar el índice a la altura de la sien.

—Bueno, ¿cuánto hace que sabes que Lamont me destina a Watertown?

—Vamos a ver. —Mira el reloj—. ¿Me has dejado el mensaje hace hora y media? Déjame que lo calcule. Hace una hora y media que lo sé.

—Eso creía yo. Nadie te lo ha dicho, de manera que Lamont se asegura desde el primer momento de que no nos llevemos bien.

—Ahora mismo no me hace falta ningún nuevo pasatiempo disparatado. Si te envía a Watertown con alguna misión secreta, no vengas a llorarme a mí.

Se pone en cuclillas a su lado.

—¿Te suena el caso de Janie Brolin?

—Es imposible haber crecido en Watertown sin haber oído hablar de ese caso, que tuvo lugar hace medio siglo, maldita sea. Esa fiscal tuya no es más que una consumada política desalmada.

—También es tu fiscal de distrito, a menos que la policía de Watertown se haya escindido del condado de Middlesex.

—Mira —replica ella—, no es problema mío. Me importa un carajo lo que hayan tramado ella y el inspector jefe. No pienso hacerlo.

—Puesto que se produjo en Watertown, y teniendo

en cuenta que los homicidios no prescriben, técnicamente es problema tuyo si el caso se reabre, y en este preciso momento, parece ser que se ha reabierto.

—Técnicamente, los homicidios cometidos en Massachusetts, con raras excepciones, como es el caso de Boston, son jurisdicción de la policía del estado. Vosotros mismos os encargáis de recordárnoslo asiduamente cuando os presentáis en el escenario del crimen para adueñaros de la investigación, aunque no tengáis ni remota idea de nada. Lo siento, es cosa tuya.

—Venga, Stump, no seas así.

—Acaba de producirse otro atraco a un banco esta mañana. —Sigue colocando botellas en los estantes—. Cuatro en tres semanas. Además de robos en peluquerías, en coches, en domicilios, robos por parte de la pasma, crímenes sexuales o raciales. Es incesante. Estoy un poco ocupada para casos que ocurrieron antes de que yo naciera.

—¿El mismo atracador de bancos?

—Exactamente el mismo. Le entrega una nota al cajero, vacía el cajón de pasta, la emergencia se emite por la RREPAE.

La Red Radiofónica de Emergencia de Policía del Área de Boston, para que los polis de la zona puedan hablar entre sí y echarse una mano.

—Lo que supone que se presenta hasta el último coche de policía del planeta, con las luces puestas y las sirenas a toda caña. El centro de la ciudad parece un desfile navideño, lo que garantiza que nuestro Bonnie y Clyde en una sola persona sepa con exactitud dónde estamos, de manera que pueda permanecer oculto hasta que hayamos desaparecido —dice ella en el momento en que entra un cliente.

—¿Cuánto? —Win se refiere a la botella de aceite de oliva que tiene en la mano.

Más clientes. Son casi las cinco de la tarde y la gente sale del trabajo. Dentro de poco, apenas quedará espacio en la tienda. Desde luego, Stump no es poli por dinero, y Win nunca ha entendido por qué no se retira de la policía y disfruta de la vida.

—Es tuyo a precio de coste. —Se levanta y va a otro pasillo, coge una botella de vino y se la da—. Acaba de llegarme. Ya me dirás qué te parece.

Un pinot noir Wolf Hill de 2002.

—Claro —dice Win—. Gracias, pero ¿a qué viene el numerito de agasajarme con semejante amabilidad?

—Te estoy dando el pésame. Debe de ser horrible trabajar para ella.

—Bueno, ya que me compadeces, ¿qué tal si me pones unos kilos de queso suizo, cheddar, Asiago, rosbif, pavo, ensalada de arroz silvestre y unas *baguettes*? Y sal *kosher*, dos kilos y medio me vendrían de maravilla.

—Dios santo. ¿Qué demonios haces con ella? ¿Celebras fiestas en las que sirves margaritas para medio Boston? —Y se levanta, tan cómoda con su prótesis que Win apenas recuerda que la lleva—. Venga. Ya que me das pena, voy a invitarte a un trago —le dice—. De un poli a otro, voy a darte un consejillo.

Recogen unas cajas vacías y las llevan al almacén del fondo, y ella abre la nevera, coge dos gaseosas de vainilla *light* y dice:

—Tienes que centrarte en el móvil.

—¿El del asesino? —pregunta Win, mientras se sientan a una mesa plegable, rodeados de cajas de vino, aceites de oliva, vinagres, mostazas, chocolates.

—El de Lamont.

—Debes de haber trabajado en un montón de casos con ella a lo largo de los años, pero se comporta como si no os conocierais —dice Win.

—No me extraña. Supongo que no te ha hablado de la noche que nos cogimos tal cogorza que tuvo que dormir en mi sofá.

—Ni de coña. Ni siquiera alterna con polis, y mucho menos se emborracha con ellos.

—Antes de que tú llegaras —le explica Stump, que le lleva a Win al menos cinco años—. En los buenos tiempos antes de que un alienígena se adueñara de su cuerpo, era una fiscal de armas tomar que se presentaba en el escenario del crimen y se venía de juerga con nosotros. Una noche, tras un caso de asesinato y suicidio, las dos acabamos en Sacco's, nos pusimos a beber vino, nos emborrachamos tanto que dejamos los coches y nos fuimos andando a mi casa. Como decía, acabó por pasar la noche allí. Al día siguiente teníamos tal resaca que las dos llamamos al trabajo para decir que estábamos enfermas.

—Debes de estar hablando de otra persona. —Win no consigue imaginárselo siquiera, le produce una sensación extraña en la boca del estómago—. ¿Seguro que no era otra fiscal adjunta, y tal vez con el paso de los años las confundes?

Stump ríe y dice:

—¿Qué pasa? ¿Tengo Alzheimer? Por desgracia, la Lamont que tú conoces no va nunca al escenario del crimen a menos que haya furgonetas de televisión por todas partes, rara vez pisa una sala de justicia y no tiene nada que ver con polis a menos que les esté dando órdenes; le resulta indiferente la justicia criminal, lo único que le importa es el poder. Es posible que la Lamont que conocía yo fuera egocéntrica, pero ¿por qué no iba a serlo?

Licenciada en derecho por Harvard, preciosa, lista de narices. Pero decente.

—Ésa y la palabra «decente» no se conocen ni de vista. —Win no entiende por qué de pronto se muestra tan furioso, como si defendiera su territorio, y antes de poder evitarlo, añade con saña—: Me da la impresión de que tienes síntomas del síndrome Walter Mitty. Igual has sido muchas personas distintas a lo largo de tu vida, porque la persona con la que estoy bebiendo gaseosa de vainilla ahora mismo es baja y gorda, según Lamont.

Stump, con su corto cabello moreno, no tiene nada de baja, y desde luego no está gorda. En realidad, ahora que se fija, tiene que reconocer que está bastante cachas, debe de hacer mucho ejercicio, tiene un cuerpo estupendo, de hecho. No es nada fea. Bueno, tal vez un tanto masculina.

—Preferiría que no me miraras el pecho —le advierte—. No es nada personal. Se lo digo a todos los hombres cuando estoy a solas con ellos en el almacén.

—No imagines que te estoy tirando los tejos —responde él—. No es nada personal. Se lo digo a todas las mujeres cuando estoy a solas con ellas. A los hombres también, si se tercia. Por así decirlo.

—No tenía ni idea de que fueras tan engreído. Por así decirlo. Arrogante, desde luego, pero vaya... —Lo mira atentamente y toma un sorbo de gaseosa.

Ojos verdes con motas doradas. Bonita dentadura. Labios sensuales. Bueno, alguna arruguilla que otra.

—Y en esta casa tenemos otra norma —dice ella—. Tengo dos piernas.

—Maldita sea. No he dicho nada de tu pierna.

—A eso me refiero. No tengo una pierna. Tengo dos. Y te he visto mirar.

—Si no quieres que tu prótesis llame la atención,

¿por qué te haces llamar Stump? Y ya que estamos, ¿por qué permites que nadie te llame Stump?

—Supongo que no se te ha pasado por la cabeza que ya me llamaban Stump antes de que tuviera un mal día con la moto, ¿verdad?

Win guarda silencio.

—Puesto que eres motorista, voy a darte un consejo —añade—. Procura que ningún paleto al volante de una camioneta te haga empotrarte contra un quitamiedos.

De pronto Win recuerda la gaseosa y echa un trago.

—¿Y otro consejo? —Lanza la lata vacía a un cubo de basura que está al menos a media docena de metros—. Prescinde de las alusiones literarias. Fui profesora de literatura inglesa antes de meterme a poli. Walter Mitty no fue muchas personas distintas, sino que se dedicaba a soñar despierto.

—¿A qué viene el apodo, si no es por la pierna? Me ha picado la curiosidad.

—¿Por qué Watertown? Eso es lo que debería despertar tu curiosidad.

—A todas luces, porque el asesinato se cometió ahí —responde él—. Igual porque Lamont te conoce, aunque haga como que no. O al menos te conocía, antes de que te volvieras baja y gorda.

—No soporta que la viera borracha, y que sepa tanto sobre ella debido a lo que ocurrió aquella noche. Olvídalo. No escogió Watertown por el caso, escogió el caso debido a Watertown.

—Escogió el caso porque no es un asesinato sin resolver cualquiera —replica Win—. Por desgracia, es un caso que va a encantar a los medios. Una ciega que viene de visita desde Inglaterra y es violada y asesinada...

—No cabe duda de que Lamont le sacará todo el partido posible. Pero le resulta atractivo por varias razones. Tiene más de un proyecto en mente.

—Eso, siempre.

—También tiene que ver con el Frente —dice él.

Se refiere al Frente de Recursos, Agentes y Amistades.

—Este último mes, se han sumado a nuestra coalición cinco departamentos más —continúa—. Ya hemos llegado a sesenta, tenemos acceso al cuerpo especial de intervención K-nueve, antiterrorismo, policía científica y recientemente incluso a un helicóptero. Aún seguimos arreglándonoslas con nuestros propios medios, pero vamos camino de necesitar cada vez menos a la policía del estado.

—Lo que, desde mi punto de vista, es estupendo.

—Y una mierda. La policía del estado detesta el Frente. Lamont detesta el Frente por encima de cualquier otra persona, y, vaya coincidencia, su sede central está en Watertown. Así que te envía a colaborar con nosotros, preparándolo todo para dejarnos a la altura de unos polis paletos. Hace falta que venga un investigador superhéroe de la policía del estado para enmendarnos la plana de manera que Lamont pueda recordarle al mundo entero lo importante que es la policía del estado y por qué se le debe destinar todo el apoyo y la financiación. De paso, tiene la maravillosa oportunidad de vengarse de mí, dejarme en mal lugar, porque nunca me perdonará lo que sé.

—¿Lo que sabes?

—Sobre ella. —Es evidente que Stump no tiene intención de decir nada más al respecto.

—No entiendo por qué el que resolvamos el caso te hace quedar en mal lugar.

—¿Que resolvamos el caso? Nada de eso. Te estoy diciendo una y otra vez que es cosa tuya.

—Y te preguntas por qué a la policía del estado no le hace gracia... Qué demonios, da igual.

Stump se inclina hacia delante, lo mira a los ojos y dice:

—Te lo advierto, y no me escuchas. Se asegurará de dejar al Frente en mal lugar tanto si el caso se resuelve como si no. Estás siendo utilizado de una manera que no alcanzas siquiera a imaginar. Pero puedes empezar por lo siguiente: si el Frente alcanza la magnitud suficiente un día de éstos, entonces, ¿qué? Igual ya no podéis seguir mangoneando a todo el mundo.

—Nos regimos por las leyes estatales, igual que vosotros —le recuerda Win—. No se trata de mangonear a nadie, y no me oirás nunca decir que el sistema es justo.

—¿Justo? ¿Y por qué no el peor conflicto de intereses en todo Estados Unidos? Ejercéis un control absoluto sobre todas las investigaciones de homicidios. Vuestros laboratorios procesan todas las pruebas. Hasta los malditos forenses en el depósito de cadáveres son de la policía del estado. Y luego la fiscal de distrito, cuya unidad de investigación de la policía del estado se encarga de todo el asunto, de cabo a rabo, es la que ejerce como acusación en el caso. Para ti y una servidora, estamos hablando de Lamont, que responde ante el fiscal general, quien responde ante el gobernador. Lo que significa que el gobernador tiene, de hecho, control sobre todas las investigaciones de homicidios en Massachusetts. No vas a meterme en esto. Va encaminado en una sola dirección: hacia el desastre.

—Tu inspector jefe no parece ser de la misma opinión.

—Da igual cuál sea su opinión. Tiene que hacer lo que ella dice. Y no será él quien afronte la responsabilidad, sino que se la colgará a sus subordinados. Hazme caso —le aconseja Stump—, lárgate mientras puedas.

2

Lamont se sirvió de su reelección el otoño anterior como excusa para despedir a todos y cada uno de los miembros de su equipo. Empezar de cero es una tendencia compulsiva en su caso, sobre todo en lo que se refiere a la gente. Una vez que cumplen el cometido para el que resultan útiles, es hora de cambiar, o, como ella dice, es hora de acometer «una resurrección» a partir de algo que ya no es vital.

Aunque no desperdicia energía en reflexiones de carácter personal, una remota parte de ella es consciente de que su incapacidad para mantener relaciones a largo plazo puede ser un inconveniente a medida que va envejeciendo.

Su padre, por ejemplo, fue un hombre de éxito extraordinario, guapo y encantador, pero murió solo por completo en París el año anterior, sin que nadie encontrara el cadáver hasta transcurridos varios días. Cuando Lamont revisó sus pertenencias, descubrió años enteros de regalos de cumpleaños y Navidad que nunca había llegado a abrir, incluidas varias obras de arte en vidrio carísimas que le envió ella, lo que explicaba que nunca se hubiera molestado en decirle a su secretaria que llamara o dictara una nota de agradecimiento.

El palacio de justicia del condado de Middlesex es una torre de pisos de ladrillo y hormigón en el corazón del centro gubernamental de Cambridge, un lugar inhóspito e infestado de crímenes, con el despacho de Lamont en la segunda planta. Al salir del ascensor y ver cerrada la puerta de la unidad de detectives, su clima interno se encapota. Win ya no estará dentro de su cubículo, Dios sabe durante cuánto tiempo. Su nuevo destino en Watertown hará que le resulte difícil reclamar su presencia cuando a ella le venga en gana.

—¿Qué ocurre? —pregunta cuando se encuentra a su secretario de prensa, Mick, sentado en el sofá en el rincón de su despacho, hablando por teléfono.

Hace su gesto habitual como si se rebanara el gaznate para indicarle que ponga fin a la llamada de inmediato, y él obedece.

—No me digas que hay algún problema. No estoy de humor para problemas —le advierte Lamont.

—Tenemos una pequeña situación —dice Mick, que aún es nuevo en su puesto, aunque promete.

Es atractivo, refinado, da buena imagen y hace lo que se le dice. Lamont se acomoda tras su mesa de cristal en su despacho lleno de piezas de vidrio. Su palacio de hielo, como lo llama Win.

—Si la situación fuera «pequeña», no estarías en mi despacho, esperando a abalanzarte sobre mí nada más entrar por la puerta —dice.

—Lo siento. No voy a decir que ya te lo advertí...

—Lo acabas de hacer.

—Me he expresado con bastante claridad acerca de lo que pienso sobre tu amigo periodista.

Se refiere a Cal Tradd. Lamont no quiere oír nada al respecto.

—A ver si puedo decirlo con tacto —empieza Mick.

No resulta fácil desconcertar a Lamont, pero la fiscal sabe reconocer indicios de peligro. Una tensión en el pecho, un aliento gélido en la nuca, una interrupción del ritmo uniforme de su corazón.

—¿Qué te ha dicho? —le pregunta.

—Me preocupa más lo que le has dicho tú a él. ¿Has hecho algo para despertar su rencor? —le pregunta Mick sin ambages.

—¿De qué demonios estás hablando?

—Igual le has hecho algún desaire, como darle aquel artículo de primera página al *Globe* el mes pasado en vez de a él.

—¿Por qué iba a darle a ése nada que merezca una primera página? Trabaja para un periódico universitario.

—Bueno, ¿se te ocurre alguna otra razón que pueda tener para vengarse de ti?

—Por lo visto, la gente no necesita razones para eso.

—YouTube. Colgado hace apenas unas horas. A decir verdad, no sé qué vamos a hacer al respecto.

—¿Al respecto de qué? Y tu trabajo es saber siempre qué hacer al respecto, sea lo que sea —responde ella.

Mick se levanta del sofá, se acerca a su lado, teclea algo en su ordenador y se conecta a Internet para acceder a YouTube.

Un videoclip.

Suena el tema *You're So Vain* de Carly Simon mientras Lamont entra en un servicio de señoras, se detiene ante un lavabo y abre el bolso de mano de piel de avestruz. Empieza a retocarse el maquillaje ante el espejo, se acicala, estudia su cara desde todos los ángulos posibles, su figura, experimenta con los botones de la blusa, cuáles abrocharse y cuáles dejar desabrochados. Se levanta la falda, se ajusta los *pantys*. Abre la boca de par en par para examinarse los dientes. Una voz en off de su propia propaganda electoral recita: «Tomando medidas contra el crimen. Monique Lamont, fiscal de distrito del condado de Middlesex.»

En vez del chasquido de unas esposas que se cierran al final del anuncio, lo que se oye cerrarse es su dentadura en el espejo.

—¿Por eso sacas a colación a Cal? —pregunta en tono severo—. ¿Supones de inmediato que la culpa la tiene él? ¿En qué te basas?

—Es tu sombra, prácticamente te acecha. Es inmaduro. Se trata de algo que haría un chaval universitario...

—Vaya acusación tan fundada —replica con sarcasmo—. Menos mal que soy yo la fiscal y no tú.

Mick se le queda mirando con los ojos como platos.

—¿Vas a defenderlo?

—Es imposible que lo haya hecho él —dice Lamont—. Quienquiera que lo haya grabado, está claro que se encontraba en el servicio de señoras: una mujer, en otras palabras.

—Él no habría tenido ningún problema para hacerse pasar por una maldita chica...

—Mick. Me sigue como un cachorrillo, lo tuve a mi lado todo el rato mientras estaba en la Facultad de Ciencias Políticas. No tuvo tiempo para hacerse de repente travesti o esconderse en el maldito servicio de señoras.

—No sabía...

—Claro que no. No estabas presente. Pero tienes razón. Lo primero que hay que hacer siempre es averiguar quién me ha traicionado. —Mientras camina arriba y abajo—. Probablemente, alguna alumna en un cubículo me vio por una rendija en la puerta y grabó toda esa tontería con el móvil. Son los inconvenientes de ser un personaje público. Nadie se lo va a tomar en serio.

Mick se la queda mirando como si acabara de caerse de un estante y se hubiera hecho pedazos, igual que una de sus piezas de vidrio.

—Además —continúa—, lo importante es tener buen aspecto. Y me alegra decir que yo lo tengo. —Vuelve a poner el vídeo, alentada por la hermosura exótica de su rostro y su perfecta dentadura, las piernas torneadas, el pecho envidiable—. Toma nota, Mick. Así funcionan las cosas por aquí.

—No exactamente —responde—. Ha llamado el gobernador.

Deja de caminar arriba y abajo. El gobernador no llama nunca.

—Acerca de lo de YouTube —puntualiza Mick—. Quiere saber quién está detrás.

Vamos a ver. Debo de haberlo anotado en alguna parte.

—Bueno, es una vergüenza, sea quien sea el que lo haya hecho. Y cuando quedas en mal lugar, él también queda en mal lugar, puesto que es él quien...

—¿Qué ha dicho, exactamente? —le pregunta.

—No he hablado con él directamente.

—Claro que no has hablado con él directamente. —Vuelve a caminar arriba y abajo, ahora furiosa—. Nadie habla con él directamente.

—Ni siquiera tú —Como si le hiciera falta que se lo recordasen—. Y después de todo lo que has hecho por el —añade Mick—. No lo has visto ni una sola vez. Nunca te devuelve las llamadas...

—Ésta puede ser nuestra oportunidad. —Lo ataja de nuevo, sus pensamientos como bolas de billar que se esparcieran por el fieltro para ir a parar a las troneras—. Sí, sin la menor duda. La mejor venganza es el éxito. ¿Qué hacemos entonces? Sacamos buen partido de esta debacle de YouTube. Es la ocasión para que me conceda audiencia su majestad y conseguir su apoyo para mi nueva iniciativa contra el crimen. Se interesará en cuanto vea lo que puede salir ganando.

Da instrucciones a Mick para que se ponga en contacto por teléfono con el jefe de personal del gobernador. Ahora mismo. Es urgente que Lamont se reúna con el gobernador Howard Mather de inmediato. Mick sugiere que tal vez tenga que «arrastrarse», y ella le recuerda que no utilice nunca esa palabra a menos que esté hablando de otra persona. Sea como fuere, admite, si por fin reconoce a Mather como mentor, le causará impacto. Lamont necesita de veras su consejo. De pronto se ha visto sumida en una pesadilla de relaciones públicas. Teme que pueda influirle negativamente a él y no sabe qué hacer. Etcétera.

—Le resultará difícil resistirse —añade.

—Pero ¿y si se resiste? Entonces, ¿qué hago?

—¡Deja de pedirme que haga tu trabajo! —le espeta.

En una parte muy distinta de Cambridge está la destartalada casa de madera donde Win fue criado por su abuela, Nana. Abrumado de hiedra, arbustos en flor y árboles, su jardín se ha convertido en un entramado de pajareras y casas para murciélagos, así como de comederos.

La moto avanza a sacudidas por el sendero de entrada lleno de baches y sin pavimentar hasta que se detiene y aparca cerca del antiquísimo Buick de Nana. Win se quita el casco, y colma sus oídos la música como de cuento de hadas de los móviles de campanillas mecidos por el viento, como si se posaran duendecillos mágicos en los árboles y los aleros de la casa de Nana y decidieran no marcharse de allí. Nana dice que espantan a los entes molestos y malvados, «entre los que deberían incluirse sus vecinos», piensa Win. Egoístas, llenos de prejuicios, groseros. Se pelean por los senderos de entrada compartidos y por aparcar en plena calle. Ven con recelo el flujo habitual de personas que se presentan en casa de la anciana.

Hace saltar el cierre del maletero del viejo Buick, que, naturalmente, Nana no se ha molestado en cerrar, deja su equipo de motorista dentro, abre la puerta trasera y pasa por encima de la línea de sal *kosher* en el suelo. Está sentada en la cocina, ocupada en laminar hojas de laurel sobre amplias franjas de adhesivo transparente, con una cadena de música clásica sintonizada en la tele. *Miss Perra* —sorda y ciega y técnicamente robada, porque Win se la birló a su dueña, que la maltrataba— está debajo de la mesa, roncando.

Deja la bolsa del gimnasio en la encimera de la cocina, luego una mochila llena de comestibles, se inclina, le da un beso en la mejilla a Nana y dice:

—Como siempre, no tenías el coche cerrado. No tenías la puerta cerrada y la alarma no está conectada.

—Cariño mío. —Tiene los ojos radiantes, el largo cabello de color nieve recogido en un moño—. Cuéntame cómo te ha ido el día.

Win abre la nevera, los armarios y, mientras guarda las compras, dice:

—Las hojas de laurel no disuaden a los ladrones. Para eso tienes un sistema de alarma y buenos cerrojos. ¿Cierras y conectas la alarma al menos por la noche?

—Nadie está interesado en una vieja que no tiene nada que merezca la pena robar. Además, tengo toda la protección que necesito.

Win lanza un suspiro, no sirve de nada regañarla, toma asiento en una silla y apoya las manos en el regazo porque no hay espacio en la mesa, ocupada prácticamente hasta el último centímetro por cristales, velas, estatuillas, iconos, talismanes o amuletos. Nana le alcanza dos hojas de laurel laminadas, y al hacerlo tintinean sus joyas de plata, un anillo en cada dedo, pulseras hasta el codo.

—Póntelas en las botas, cariño —le indica—. Una en la izquierda, otra en la derecha. No hagas como la última vez.

—¿Y cuándo fue eso? —Se mete las hojas laminadas en el bolsillo.

—No te las pusiste en los zapatos, ¿y qué hizo la Vaina? —Así se refiere a Lamont: una cáscara vacía, sin nada dentro—. Te encargó una misión horrible, una de las peligrosas —le recuerda Nana—. El laurel es la hierba de Apolo. Cuando la llevas en los zapatos, las botas, estás encaramado a la victoria. Asegúrate de que la punta señale hacia el dedo gordo del pie, el tallo hacia el talón.

—Sí, bueno, acaban de encargarme otra de esas misiones horribles.

—Está llena de embustes —le advierte Nana—. Ten cuidado con lo que haces, porque no se trata de lo que esa mujer dice.

—Ya sé de qué se trata, de ambición, egoísmo, hipocresía, vanidad; de acosarme.

Nana corta otra tira de cinta adhesiva.

—Justicia es lo que necesito de pensamiento, palabra

y obra. Veo una señal que gira y marcas de neumático en la calzada. Marcas de derrape. ¿De qué va todo eso?

Piensa en el accidente de moto de Stump, y dice:

—No tengo ni idea.

—Ten mucho cuidado, cariño. Sobre todo con la moto. Ojalá no montaras ese trasto —dice mientras sigue laminando otra hoja de laurel.

Cuando la gasolina llegó al precio de tres dólares por galón, vendió el Hummer y se compró la Ducati. Luego, qué coincidencia, cerca de una semana después, Lamont hizo que entrara en vigor una nueva norma: sólo sus investigadores de guardia podían llevarse a casa los vehículos de la policía del estado.

—Al menos esta noche, se te concede tu deseo, porque tengo que llenar el depósito de gasolina de tu viejo acorazado —le dice a Nana—. Te lo traeré de vuelta mañana. Aunque tú no tienes nada que hacer al volante de un coche.

No se lo puede impedir, así que al menos se asegura de que no acabe tirada en la cuneta en alguna parte. Nana tiende a olvidarse de realidades pedestres, como tener el depósito del coche lleno, comprobar el aceite, asegurarse de llevar los papeles en la guantera, cerrar las puertas, comprar comida, pagar las facturas. Cosillas así.

—Tendrás la ropa bien limpita, como siempre, cariño —dice Nana al tiempo que señala la bolsa del gimnasio, en la encimera de la cocina—. Te acaricia la piel y comienza la magia.

Le consiente otro de sus rituales. Insiste en lavarle a mano la ropa del gimnasio con un mejunje especial que le da aroma a finas hierbas, luego envuelve las prendas en papel de seda blanco y se las vuelve a dejar en la bolsa. Un intercambio diario; algo relacionado con un cruce de energía. Le extrae la negatividad mientras suda, a la vez que su cuerpo asimila las hierbas de los dioses. Lo que sea por complacerla. Las cosas que hace y que no cuenta a nadie...

Miss Perra despierta y le apoya la cabeza en el pie. Nana centra una hoja sobre una tira de adhesivo. Coge una caja de cerillas, le enciende una vela al arcángel san Miguel en un tarro de vistosos colores y dice:

—Alguien está hurgando en alguna parte y pagará por ello, un precio muy elevado.

—Hurgar es lo que Lamont tiene siempre por costumbre —responde.

—La Vaina, no; otro. Algún no humano.

Nana no se refiere a un animal o una piedra. Los «no humanos» son personas peligrosas incapaces de sentir amor o remordimientos. En otras palabras, sociópatas.

—Me viene a la cabeza de inmediato una persona —dice Win.

—No. —Nana niega con la cabeza—. Pero ella está en peligro.

Win alarga la mano por encima de la mesa, coge las llaves del coche de Nana del brazo tendido de una estatuilla egipcia y dice:

—El peligro evita que se aburra.

—No vas a salir de esta casa, cariño, sin ponerte en las botas esas hojas de laurel.

Win se quita las botas de motorista e introduce las hojas de laurel asegurándose de que señalen en la dirección adecuada, según las instrucciones del fabricante.

Nana le explica:

—Hoy es el día de la diosa Diana, y rige plata y cobre. Ahora bien, el cobre es el viejo metal de la luna. Conduce la energía espiritual, igual que el calor y la electricidad. Pero ándate con tiento. También lo utiliza gente muy mala para canalizar engaños. Por eso lo están robando a espuertas hoy en día, porque la falsedad es lo que domina. El espíritu oscuro del odio y las mentiras se ha adueñado del planeta en estos momentos.

—Me parece que ves más de la cuenta el programa ese de Lou Dobbs.

—¡Ese hombre me encanta! La verdad es tu armadura, cariño mío. —Mete la mano en un bolsillo de su larga falda, saca un saquito de cuero y se lo pone en la mano a Win—. Y ésta es tu espada.

Win desata el cordel. En el interior hay un lustroso penique nuevo y un cristalillo.

—Tenlos a mano en todo momento —le aconseja—. Cuando están juntos, forman una varita de cristal.

—Estupendo —le dice—. Igual puedo convertir a Lamont en sapo.

No mucho después de irse Win, Nana sube una bolsa de sal *kosher* al cuarto de baño en la planta superior, donde unos espejos octogonales que cuelgan en los rincones devuelven la negatividad a la persona que la envía.

¡Mal hacia aquí inclinado,
vuelve por donde has llegado!

Nunca se acuesta sin asearse, no vaya a ser que los disgustos del día se prolonguen en sus sueños. Desestabilización. Nota la presencia del no humano. Un ser infantil colmado de travesuras y mezquindad, resentimiento y orgullo. Vierte la sal en el suelo de la ducha, abre el grifo y entona otro hechizo.

Sol poniente y luna nueva,
nunca acaba mi sagrada tarea.
Aliento y luz para mí se confunden.
¡Guerrero de la justicia, acude!

La sal bajo sus pies la limpia de la energía negativa, que se va por el desagüe, y termina la ducha con una infusión herbal de perejil, salvia, romero y tomillo que ha hervido en un recipiente de hierro esa misma mañana. Vierte el agua aromática sobre su cabeza para purificarse el aura, porque su trabajo le hace entrar en contacto con muchas personalidades, no todas ellas buenas, en especial ésta: el no humano, alguien joven que merodea. Ahora está cerca y quiere algo de Nana, algo que le es muy querido.

—Mi instrumento mágico más poderoso es mi propio ser —dice en voz alta—. ¡Te atraparé entre mis dos dedos! —le advierte.

En su dormitorio, abre un cajón, saca una bolsita de seda roja llena de clavos de hierro y se la guarda en el bolsillo izquierdo del albornoz, blanco y limpio. Se sienta junto a *Miss Perra* en la cama y escribe en su diario a la luz de unas velas blancas. Anota sus habituales meditaciones sobre *Magia* y *Hechizos* y el *Trabajo del Mago*. El diario es voluminoso, encuadernado en cuero italiano, y ha llenado sus páginas, las páginas de numerosos diarios a lo largo de muchos años, con su caligrafía grande y serpenteante. Luego le sobreviene una intensa fatiga y apaga las velas, y ya tiene un pie en la tierra de los sueños cuando se incorpora de súbito en la oscuridad. Saca la bolsa de clavos del albornoz y la agita para que emita un sonoro tintineo.

Miss Perra, sorda entre sus ronquidos, ni se inmuta.

Pasos en la planta baja por el pasillo de madera entre la cocina y la sala de estar.

Nana se levanta de un salto y vuelve a agitar la bolsa de clavos mientras sale apresuradamente por la puerta del dormitorio.

—¡Te castigaré según la regla del tres por tres! —vocifera.

Los pasos avanzan con rapidez. «Pum pum pum pum pum.» La puerta de la cocina se cierra de golpe. Nana mira por la ventana y ve una sombra que corre cargada con algo. Se apresura escaleras abajo y sale de la casa para adentrarse en el jardín lleno de hierbas de toda clase mientras los móviles de campanillas entrechocan y resuenan, agitados, furiosos. Nota el vacío de lo que hace un momento estaba allí. Entonces oye un coche, y un trecho calle abajo, las luces traseras se convierten en los ojos de color rojo intenso del diablo.

3

En el interior del laboratorio criminalístico ambulante del Frente, Stump examina la nota del atraco a un banco de ese día, en busca de algo, lo que sea, una vez más frustrada.

Obtener huellas latentes de un papel no es pan comido como se ve en todas esas pelis de policías, y en la realidad, este atracador de bancos aún está por dejar una pista útil. Interrumpe lo que está haciendo al oír que se acerca un coche. Entonces suena su teléfono móvil.

—Soy yo. —La irresistible voz de barítono de Win—. ¿Ofreces visitas guiadas? Estoy delante de ese pedazo de camión que tienes.

Stump se quita los guantes de látex y abre las puertas traseras. Win sube por los peldaños y entorna los ojos ante las intensas luces cuando ella le deja entrar y cierra las pesadas puertas, lanza los guantes usados a la basura y saca un par nuevo de una caja.

—¿Cómo sabías que estaba aquí? —le pregunta.

—Hoy han atracado un banco, ¿lo recuerdas? —Se acerca a la encimera donde está trabajando Stump—. Y vamos a ver. No estabas en la tienda, así que he llamado a comisaría y he preguntado dónde podía encontrarte.

—Eres desagradable y presuntuoso, y no me hace ninguna gracia. —Se pone los guantes de látex, no sin cierta dificultad.

—¿Qué tienes ahí?

Si hay algo que Stump deteste es un tipo tan perfecto, tiene la misma pinta que un maldito anuncio de ropa interior Calvin Klein y, por si eso no fuera lo bastante molesto, da por sentado que es capaz de hechizar incluso a los pajarillos sirviéndose de sus encantos. Bueno, pues con esta pájara dura y vieja no tiene nada que hacer. Además, si lo espanta, le hace un favor.

—Lo que tengo es nada —dice, irritable—. Es como si ese tipo llevara guantes, sólo que no los lleva.

—¿Seguro? ¿Del todo? —Se acerca.

Stump puede olerlo, la insinuación de una colonia sazonada, masculina, probablemente cara, como todo lo demás que lleva.

—Seguro que te sorprende saberlo —le dice Stump—, pero reconozco los guantes cuando los veo. —Rebobina la cinta de vigilancia y le dice—: Tú mismo.

Se abre la puerta de cristal del banco. Un tipo blanco —aunque podría ser hispano—, que se comporta con normalidad, perfectamente tranquilo, con pantalones de chándal azules, gafas de sol, pelo moreno, un gorra de béisbol de los Red Sox bien calada, lo bastante listo como para saber dónde están las cámaras y apartar de ellas la cara. No hay más clientes. Tres ventanillas, una ocupada por una joven. Le sonríe al acercarse y le pasa la nota. Ella se queda mirándola, no la toca, el terror le cambia la cara. Abre con torpeza el cajón de la pasta, llena una bolsa de la entidad. El tipo sale del banco a la carrera.

—Echa otra mirada a sus manos.

Win se inclina hacia la pantalla.

Stump rebobina el vídeo y lo deja en pausa de manera que pueda echar un buen vistazo a las manos del atracador cuando desliza la nota por la ventanilla. Nota la cercanía de Win, como si caldeara el aire.

—No lleva guantes —coincide—. ¿Lo mismo en los otros robos?

—Hasta el momento.

—Eso es un tanto raro.

La nota del caso de esta mañana está sobre el papel de envolver barato que cubre la encimera, y Win se queda mirándola un buen rato, como si leyera toda una página de escritura, y no sólo las mismas diez palabras sencillas que el atracador escribe en todas las notas.

VACÍA EL CAJÓN DEL DINERO EN LA BOLSA.
¡AHORA! TENGO UN ARMA.

—Pulcramente escrito a lápiz en una hoja de papel blanco de diez por quince, arrancada de un cuaderno, igual que en los otros tres casos.

—Watertown, Somerville, ahora Belmont —dice Win—. Todas ellas miembros del Frente, a diferencia de Cambridge, que aún está por unirse a vuestro club privado y...

—¿Y por qué crees que es eso? —le interrumpe ella—. El cuartel general de Lamont está en Cambridge, y cuenta con su propio club privado llamado Harvard, que más o menos es propietaria de Cambridge. De modo que, ¿no podría tener eso algo que ver con que Cambridge no se haya sumado al Frente y probablemente no se sume nunca?

—Iba a añadir que tu atracador tampoco ha actuado

en Boston —dice Win—. Lo que me viene a la cabeza es que Watertown, Somerville y Belmont limitan con Cambridge. Y Boston también está cerca. Desde luego hay cantidad de bancos en Cambridge, por no hablar de Boston, y, sin embargo, tu atracador ha evitado ambas ciudades. ¿Una coincidencia?

—Quizá robe allí a continuación. —Stump no tiene ni idea de adónde quiere llegar Win por ese camino—. En ese caso, supongo que una servidora no arrimará el hombro, porque los polis de Cambridge y Boston llevan a cabo su propia investigación del escenario del crimen y se ocupan de sus propias pruebas.

—Eso intento decirte —asegura Win—. La Policía de Boston tiene sus propios laboratorios, y a decir verdad, Cambridge tiene prioridad con la policía del estado gracias a Lamont.

—Y porque Cambridge no se ha sumado al Frente, y «a decir verdad» las agencias policiales que se suman a nosotros son castigadas por ello. Nos tratan como si fuéramos traidores —añade con rudeza. No sabe por qué Win hace que aflore lo peor que lleva dentro.

—Si yo fuera un atracador de bancos inteligente —continúa él—, sin duda elegiría objetivos donde los recursos policiales sean limitados y el análisis de pruebas vaya a llevar una eternidad, suponiendo que se lleve a cabo.

—Bueno, describes la mayor parte del condado de Middlesex. Así que no sé qué quieres decir.

—Quiero decir que igual deberías plantearte dónde no está cometiendo sus delitos en vez de dónde los está cometiendo. Supongamos que ese tipo está evitando Boston y Cambridge. Entonces, ¿por qué? Igual por las razones que acabo de mencionar, o tal vez porque vive en Boston o Cambridge y teme que alguien lo reconozca.

—Así que igual eres tú el que atraca los bancos, ya que tienes un bonito apartamento en Cambridge.

—¿Según quién?

—Suelo rastrear a alguien cuando entra en mi pantalla de radar —dice Stump—. Y desde luego vives como si atracaras bancos.

—No tienes la menor idea de cómo vivo. Sólo crees saberlo.

Señala con un dedo enfundado en látex la nota y dice:

—La misma ortografía y puntuación, las mismas letras mayúsculas.

—Deberías llevar guantes de algodón a la hora de examinar pruebas. El látex puede emborronar el lápiz y algunas tintas. Este papel, ¿es del mismo cuaderno? —pregunta Win.

—Vaya, así que también estás al tanto de las marcas de escritura.

—¿Has probado con el sistema de detección electrostática?

—Virgen santa. Y también estás al tanto del SDE. Vaya lumbrera estás hecho. Como si dispusiéramos de un SDE, por cierto —dice, en tono molesto—. ¿Y si os lo pidiéramos a vosotros? Bueno, igual nos lo facilitaríais dentro de diez años. Sea como sea, me las he apañado con la iluminación oblicua. Cada nota muestra las huellas de la última nota escrita.

—Ese tipo quiere que sepamos que se trata de él.

—¿Sepamos? No hay un «nosotros». ¿Cuántas veces tengo que decírtelo? Y ya puedes dejar de intentar inmiscuirte en mi vida, porque no va a darte resultado. No pienso ayudarte en tu numerito publicitario.

—Seguro que a Janie Brolin no le haría ninguna gracia que la considere un numerito publicitario.

«Ojalá se largue —piensa Stump—, por su propio bien, maldita sea», pero lo que dice es:

—¿Por qué iba a querer este atracador que, como tú dices, «sepamos que se trata de él»?

—Igual quiere alardear. Igual le va eso de buscar emociones fuertes, disfruta con todo esto.

—O igual resulta que es estúpido, no se da cuenta de que, cada vez que escribe una nota, deja huellas de la misma en la hoja inferior —sugiere ella.

—¿Qué me dices de huellas latentes? ¿Hay alguna en las otras tres notas?

—Nada, ni una maldita huella dactilar, ni siquiera una parcial.

—Vale, entonces no es estúpido —dice Win—. De otra manera, no conseguiría salir bien parado una y otra vez, en pleno día. Y sin huellas, ni siquiera parciales. ¿Has probado con ninhidrina?

Es un reactivo probado y barato que se usa para revelar huellas latentes en superficies porosas como el papel. La sustancia química reacciona a los aminoácidos y otros componentes de las grasas y el sudor segregados por los poros de la piel. Stump le dice que no ha funcionado en ninguna de las notas, como tampoco han dado resultado las luces forenses con diversas amplitudes de espectro y filtros específicos.

—Y los cajeros no tocan las notas —señala Win.

—Las dejan allí donde están. ¿En resumidas cuentas? No tenemos nada. Y a menos que ese tipo lleve unos guantes mágicos invisibles a simple vista, no hay explicación lógica para que no esté dejando ni rastro de su identidad en las cuatro notas que ya tenemos hasta el momento. Incluso en aquellos casos en los que no hay detalles útiles de huellas dactilares, la gente que no lleva guantes deja algo, una marca de dedo, una mancha, una huella parcial del dorso de la mano o la palma.

—¿Hay vídeos de vigilancia en los cuatro casos? —indaga Win.

—Ropa diferente, pero a mí me parece el mismo tipo.

—¿Te importa si te hago una pregunta?

—Probablemente.

—¿Por qué te hiciste profesora y después lo dejaste?

—No lo sé. ¿Por qué llevas un reloj de oro? ¿Le arreglaste una multa a algún tipo rico, igual le sacaste del lío en que podría haberse metido por conducir a trescientos por hora en su Ferrari o algo así? O igual de verdad eres atracador de bancos.

—Es de mi padre. Antes de eso, de su padre, y antes de eso, de Napoleón... Te estoy tomando el pelo, aunque le gustaban los Breguet —dice Win, que levanta la muñeca para enseñárselo—. Según la leyenda familiar, robado. Algunos de mis queridos parientes del Viejo Continente podrían haber pasado un *casting* para *Los Soprano*.

—Pues desde luego no tienes pinta de italiano.

—Mi madre era italiana. Mi padre era negro, y profesor. Poeta, enseñó en Harvard. Siempre me ha llamado la atención por qué la gente quiere dedicarse a la docencia, y es raro encontrarse con alguien que sintiera esa vocación, se tomara la molestia de conseguirlo y luego lo dejara.

—En secundaria. Duró dos años. Tal como son los chicos hoy en día, decidí que prefería detenerlos. —Mientras, abre armarios para dejar distintos frascos de sustancias químicas, polvos secantes, luces de análisis, equipamiento fotográfico, sus manos nerviosas, incómodas—. ¿Alguna vez te han dicho que no mires tan fijamente? Es de mala educación. Eres peor que un crío —le dice Stump, que sella la nota del atracador en un sobre—. La última posibilidad sería hacer un frotis en busca de ADN, pero no tiene sentido, en mi opinión.

—Si no deja sudor, no es probable que deje ADN, a menos que se desprenda de una buena cantidad de células epiteliales o estornude encima del papel —señala Win.

—Sí. Prueba a malgastar el tiempo del laboratorio de la policía del estado con algo así. Ya llevo dos años esperando los resultados sobre esa chica que fue violada en el Osario, el cementerio cerca del instituto de secundaria de Watertown. Nada que ver con huesos, sino con fumar porros. Llevo tres años esperando los resultados sobre el chaval gay que fue apaleado hasta decir basta en la calle Cottage. Y olvídate de todos los atracos en peluquerías, lo que está ocurriendo en Revere, Chelsea y demás. Nadie va a tomarse nada en serio hasta que la gente empiece a morir asesinada a diestro y siniestro.

Salen a la plataforma de planchas de acero en forma de rombo del camión; Stump baja las puertas traseras de persiana y las cierra con llave. Win la acompaña hasta su Taurus sin distintivo policial, bastante mal pintado, con cantidad de chismes en las puertas, y ella se monta, esperando a que Win le mire la pierna, esperando a que le haga alguna pregunta estúpida acerca de cómo conduce con un pie artificial. Pero se le ve apagado, ajeno a todo eso, absorto en la comisaría de ladrillo de dos plantas de Stump, un edificio viejo y cansado, además de muy pequeño. Como se puede decir de la mayor parte de las comisarías en la jurisdicción de Lamont, no hay sitio para trabajar, no hay dinero, no hay más que frustración.

Arranca el motor y dice:

—No pienso ni acercarme al caso de Janie Brolin.

—Haz lo que tengas que hacer.

—No te quepa duda de que lo haré.

Win se inclina hacia la ventanilla abierta y le dice:

—Yo voy a investigarlo, de todos modos.

A ella le tiembla la mano un poco al regular el aire acondicionado para que la corriente fresca le vaya a la cara.

—Lamont tal, Lamont cual... y tú te cuadras y haces lo que ella te ordene —dice Stump—. Lamont, Lamont, Lamont. Sea lo que sea, consigue lo que quiere y todo le va estupendamente.

—Me extraña que lo digas, después de lo que le ocurrió el año pasado —responde Win.

—Ése es el problema —señala Stump—. No te perdonará nunca que le salvaras la vida, y te castigará durante el resto de la tuya. Porque la viste... Bueno, olvídalo. —No quiere pensar en lo que vio Win aquella noche.

Al ponerse en marcha, lo observa por el espejo retrovisor y se pregunta dónde demonios tiene ese Buick suyo, el pedazo de chatarra. Suena su teléfono móvil y el corazón le da un vuelco al pensar que podría ser él.

No es él.

—Ya está —anuncia la agente especial McClure, del FBI.

—Supongo que tengo que alegrarme —le responde Stump.

—Eso me temía. Me da la impresión de que tú y yo hemos de mantener otra charla cara a cara. Empiezas a confiar en él.

—Ni siquiera me cae bien —asegura ella.

Son las diez y veinte cuando Win aparca enfrente del palacio de justicia, sorprendido al ver el coche de Lamont en su plaza reservada junto a la puerta trasera.

Vaya suerte la suya. Precisamente hoy Lamont ha decidido quedarse a trabajar hasta tarde, y sería típico de ella dar por sentado que la aparición de Win para recoger unas cosas de su mesa es una treta. Es tan vanidosa que dará por supuesto que en realidad quiere verla, que de alguna manera sabía que iba a estar trabajando a esas horas, que no soporta la idea de no estar justo al otro lado del pasillo. Qué puede hacer. Necesita expedientes de casos judiciales, sus notas, objetos personales. Se le pasa por la cabeza que le estaría bien empleado a Lamont que limpiara el despacho entero, para que se le planteara la duda de si alguna vez regresará. Baja la ventanilla justo en el momento en que empieza a vibrar su móvil. Nana. Es la segunda vez que le llama en una hora. Esta vez contesta.

—Por lo general ya estás dormida a estas horas —le dice.

Su abuela lleva un horario extraño: se da su supersticiosa ducha justo después de anochecer, se acuesta, se levanta a las dos o tres de la madrugada y empieza a revolotear por la casa como una mariposa nocturna.

—El ente no humano te ha robado la esencia —le advierte—. Y tenemos que darnos prisa, cariño mío.

—Ésa lleva intentándolo años, y aún no ha rozado mi esencia siquiera. —Observa la trasera del palacio de justicia, la planta superior iluminada. La cárcel del condado. No puede dejar de pensar en Lamont—. No te preocupes, Nana. Mi esencia está a salvo de ella.

—Me refiero a tu bolsa del gimnasio.

—No te preocupes tampoco por la ropa sucia. —No deja que se note su impaciencia, no le haría daño a Nana por nada del mundo—. Probablemente no podré pasarme mañana, a menos que necesites el coche.

—Cuando estaba en el umbral del sueño, entró el ente y le ordené que volviera a salir por la puerta. Estás metido en algo mucho más grave de lo que creías —le advierte—. ¡Se ha llevado tu bolsa del gimnasio para robarte la esencia! ¡Para llevarte como si fuera su propia piel!

—Espera un momento. —Se centra en la conversación—. ¿Me estás diciendo que alguien ha entrado en tu casa y se ha llevado mi bolsa del gimnasio?

—El ente ha entrado y se la ha llevado. He salido al jardín y luego a la calle, y ha huido en coche antes de que pudiera prenderlo en el interior de mi círculo mágico.

—¿Cuándo ha ocurrido eso?

—Poco después de oscurecer.

—Ahora mismo voy.

—No, cariño. No puedes hacer nada. He purificado el pomo de la puerta, he purificado la cocina de arriba abajo de energía maligna...

—No habrás...

—¡He erradicado su energía impura y maligna! Tienes que protegerte.

Emprende su letanía de rituales de protección. Sal *kosher* y cruces equiláteras. «Traza un pentágono sobre una fotografía de ti mismo.» Velas blancas por todas partes. Espejos octogonales en todas las ventanas. «Llévate el teléfono siempre al oído derecho, nunca al izquierdo, porque el oído derecho extrae la energía negativa, mientras que el izquierdo la absorbe.» Por último, exclama: «¡Le va a ocurrir algo malo a quien ha hecho esto!» Y su risa de Nana, un bienintencionado cacareo como punto final a la llamada.

Siempre ha sido un tanto rara, pero cuando se monta «en su escoba», como dice Win, le pone de los nervios. Sus arrebatos de premonición y clarividencia, sus brotes de lanzar maldiciones y hechizos, resucitan antiguas corazonadas, sentimientos de desconfianza, incluso re- mordimientos. Nana, con su magia. ¿De qué le sirvió a Win en el momento en que ocurrió lo peor que le ha pa- sado? Todas aquellas promesas acerca de lo que le depa- raría el futuro. Podía ir a cualquier parte, ser cualquier cosa, el mundo estaba al alcance de su mano. Sus padres no querían otro niño porque él era tan especial que tenían suficiente. Entonces llegó aquella noche, y Nana, con su magia, no alcanzó a preverla, y desde luego no pudo im- pedirla.

Aquella fría noche en que se llevó a su adorado nieto a una de sus misiones secretas, y ni se le pasó por la ca- beza que algo iba terriblemente mal. ¿Cómo es posible? Ni siquiera el más leve presagio, ni tan sólo cuando lle- garon a casa, abrieron la puerta y les salió al encuentro el silencio más absoluto que ha experimentado en su vida. Al principio creyó que era un juego. Sus padres y el pe- rro en la sala de estar, fingiendo estar muertos.

Después de aquello no volvió a ir a ninguna de las misiones secretas de Nana, ni ha tenido nunca el menor interés en esa misma orientación espiritual que, por lo visto, tantos otros necesitan. Mientras iba haciéndose mayor, aquel desfile de desconocidos que pasaban por la casa: los despojados, los impotentes, los desesperados, los amedrentados, los enfermos. Todos pagándole como buenamente podían, fuera cual fuese su mercancía: co- mida, quincalla, ropa, arte, flores, verduras, chapuzas, cortes de pelo, incluso cuidados médicos. Nunca ha im- portado lo que sea o lo humilde que sea, pero tiene que ser algo. Nana lo denomina un «intercambio equitativo de energía», convencida de que lo que origina todos los males del mundo es un flujo y reflujo imperfecto entre el dar y el recibir.

Ahí radica, sin lugar a dudas, lo que va mal entre Win y Lamont. Con ella, no hay *quid pro quo* que valga, eso seguro. Win contempla su Mercedes de techo retráctil, brillante como cristal volcánico, de unos ciento veinte de los grandes, ni pensar que pueda ser de segunda mano. A Lamont le trae sin cuidado lo que paga, su orgullo le impide pedir descuentos, o más bien disfruta del subidón de poder permitirse el precio estipulado, permitirse aquello que le venga en gana. Win imagina lo que debe de ser eso. Ser un abogado, un fiscal general del estado, un gobernador, un senador, tener dinero, tener una mujer extraordinaria e hijos que estén orgullosos de él.

Nunca ocurrirá nada semejante.

No habría podido entrar en la facultad de derecho, en la de administración de empresas o en un programa de doctorado —en las universidades de elite de la Ivy League ni en ninguna otra— por mucho que hubiera sido un Clinton o un Kennedy. Ni siquiera pudo entrar en un colegio universitario decente, probablemente se rieron de su solicitud para acceder a Harvard, pese a que su padre fue profesor en esa universidad. Menos mal que sus padres ya no estaban cuando su orientador profesional en el instituto le comentó que, para ser un chico tan «listo», Win tenía las peores calificaciones que había visto en los exámenes de acceso a la universidad.

Lamont sale de repente por la puerta de atrás del palacio de justicia a toda prisa con el maletín, las llaves en la mano y el auricular inalámbrico, que emite un destello azul intermitente mientras habla por el móvil. No alcanza a oír lo que dice, pero salta a la vista que discute con alguien. Se sube en el Mercedes y pasa por su lado a toda velocidad sin reparar en él: no hay razón para que reconozca el coche de Nana. A Win le sobreviene una sensación curiosa y decide seguirla. Guarda varios vehículos de distancia con respecto al suyo en la calle Broad, luego por Memorial Drive a lo largo de la ribera del río Charles, de regreso hacia Harvard Square. En la calle Brattle, ella aparca el Mercedes en el sendero de entrada de una mansión victoriana de unos seis u ocho millones de dólares, calcula Win, teniendo en cuenta la ubicación y las dimensiones de la finca. No hay luces encendidas, parece deshabitada y falta de mantenimiento adecuado salvo por el césped segado.

Win rodea la manzana y aparca un par de calles más allá, coge una pequeña linterna que siempre guarda en la guantera de Nana. Vuelve a la casa al trote y repara en que la hierba y parte de los arbustos están húmedos. El sistema de riego debía de estar encendido hace poco. Una ventana con cortina se ilumina levemente, un resplandor apenas discernible, oscilante. Una vela. Win avanza en silencio y a resguardo de la oscuridad, y se queda inmóvil al oír que una de las puertas del fondo se abre y luego se cierra. Tal vez ella, tal vez otra persona. No está sola. Silencio. Win aguarda, se plantea irrumpir en la casa para asegurarse de que Lamont está bien, le sobreviene una desagradable sensación de *déjà vu*. El año pasado. La puerta entornada, la lata de gasolina entre los arbustos, y luego lo que descubrió en la planta superior. Lamont habría muerto. Hay quien dice que lo que le ocurrió fue peor que la muerte.

Sigue esperando. La casa está oscura, y no brota de ella el menor sonido. Transcurre una hora. Justo cuando está a punto de hacer algo, oye que se cierra la puerta trasera, luego pasos. Se agazapa tras un seto alto, observa cómo una silueta oscura se transforma en Lamont conforme camina hacia su coche, llevando algo. Abre la puer-

4

El Buick de Nana se estremece y carraspea al poner-se en marcha el motor, y la puerta del conductor chirría como un pájaro prehistórico.

Win se mete la llave en el bolsillo y se pregunta cómo es que Farouk, el casero, está sentado en la escalera de atrás, encendiéndose un pitillo. ¿Desde cuándo fuma? Y además está quebrantando sus propias reglas: nada de fumar, nada de encender fósforos ni parrillas, no se permite ni una mera chispa en las dependencias de su edificio de apartamentos de ladrillo del siglo XIX, antaño una escuela, impecablemente conservado y alquilado a gente que se lo puede permitir. O, en el caso de Win, a alguien que se lo gana. Es más de medianoche.

—O has cogido un hábito de lo más desagradable u ocurre algo —le dice Win.

—Una *jamba* fea y bajita te estaba buscando —le informa Farouk, sentado sobre un trapo, probablemente para no mancharse el traje blanco que tan mal le queda.

—¿Ha dicho que era «mi jamba»? —pregunta Win—. ¿O se lo estás llamando tú?

—Lo ha dicho ella, no yo. No sé qué es.

—Argot pandillero, tía, novia —le explica Win.

—¡Ves! ¡Ya sabía yo que era una pandillera! ¡Lo sabía! ¡Por eso estoy tan cabreado! No quiero gente así, me esfuerzo mucho por que las cosas vayan bien. —Con su acusado acento—. ¡Si esas gentes que ves en tu trabajo vienen por aquí, voy a tener que pedirte que te mudes! ¡Mis inquilinos empezarán a quejarse y perderé los contratos de arrendamiento!

—Tranquilo, Farouk...

—¡No! ¡Te dejo alojarte aquí a un precio increíblemente bueno para que me protejas de la gente chunga, y luego resulta que vienen por aquí esos mismos que deberías mantener alejados! —Señala a Win con el dedo—. ¡Más vale que no la haya visto nadie más que yo! Estoy muy cabreado. Si viene por aquí gente así y me dejas en la estacada, tendrás que largarte.

—Qué aspecto tenía, y dime exactamente qué ha ocurrido. —Win toma asiento a su lado.

—Vengo a casa de cenar y esa chica blanca aparece salida de la nada como un fantasma...

—¿Dónde? ¿Aquí en la parte de atrás? ¿Estabas aquí fumando cuando ha aparecido?

—Me he enfadado mucho, así que he ido ahí enfrente para ver a José, tomarme una cerveza y ver si él sabía algo acerca de la jamba, si la había visto alguna vez, y me ha dicho que no. Así que me ha dado un par de cigarrillos. Sólo fumo cuando ando muy estresado, ya sabes. No quiero que tengas que mudarte, ya sabes.

Win lo intenta de nuevo.

—¿Qué hora era cuando ha venido, y dónde estabas? ¿En tu apartamento?

—Acababa de volver de cenar, así que supongo que quizá las nueve, y ya sabes que siempre entro por aquí atrás, y cuando subía por estas mismas escaleras, ahí estaba, como el fantasma de una película. Como si estuviera esperando. No la había visto nunca y no tengo ni idea. Va y me dice: «¿Dónde está el policía?», y yo le digo: «¿Qué policía?» Entonces ella responde: «Jerónimo.»

—¿Eso ha dicho? —Poca gente sabe su apodo, mayormente polis.

—Te lo juro.

—Descríbela.

—No se ve mucho, ya sabes. Debería poner luces. Llevaba un gorro, pantalones anchos y baja. Delgaducha.

—¿Qué te hace pensar que puede tener relación con pandilleros? Aparte de que te haya explicado yo qué es una «jamba».

—Su manera de hablar, como una negra, a pesar de que era blanca. Y hablaba de muy mala manera, en plan callejero, ha dicho un montón de tacos. —Le repite unos cuantos—. Y cuando le he dicho que no conocía a ningún policía que se llame Jerónimo, porque siempre te protejo, me ha soltado unas cuantas maldiciones y ha dicho que sabe que vives aquí, y me ha dado esto. —Saca un sobre del bolsillo de la chaqueta.

—¿Cuántas veces tengo que decirte que no toques las cosas si son sospechosas? —le recuerda Win—. Por eso tuve que tomarte las huellas hace un par de años, ¿te acuerdas? Porque tocaste algo que me dejó otro pirado.

—Yo no soy uno de esos *sexys* de la tele.

A Farouk no le entran los acrónimos. Cree que CSI se pronuncia «sexy». Está convencido de que ADN es «A&D», y que tiene que ver con los tests para el consumo de alcohol y drogas.

—Se pueden obtener huellas y otras pruebas del papel —le advierte Win, a sabiendas de que no servirá de nada. Farouk no se acuerda nunca, le trae sin cuidado.

Desde luego no es la primera vez que alguien le lleva un mensaje no solicitado al edificio o se presenta sin invitación. El inconveniente de que Win lleve viviendo allí tanto tiempo es que le resulta imposible mantener su dirección en secreto. Pero, por lo general, las visitas inesperadas no suponen una amenaza. Una mujer que ha conocido en alguna parte. De vez en cuando, alguien que ha leído algo sobre un caso, ha visto algo, sabe algo, y pregunta por ahí hasta obtener la dirección de Win. Más a menudo, algún alma paranoica que quiere protección policial. La gente le deja notas, desde luego, hasta supuestas pruebas, pero Win no había visto nunca a Farouk tan preocupado.

Coge el sobre sirviéndose de las yemas de los dedos para sostenerlo por dos esquinas, regresa al coche de Nana y se las arregla para recoger las pruebas y llevarlas sin que se le caiga nada. Farouk fuma y lo observa.

—Si vuelves a verla, llámame de inmediato. —Le dice Win—. Si viene en mi busca algún pirado, no vayas a pedir pitillos y te quedes aquí fuera en la oscuridad durante horas, a la espera de que aparezca yo.

—No quiero pandilleros. No me hace ninguna falta que haya drogas y tiroteos por aquí —exclama Farouk.

El edificio no tiene ascensor, no había tal cosa en los tiempos victorianos de lectura, escritura y aritmética. Win sube cargado con el puchero y las cacerolas los tres tramos de escaleras hasta su apartamento: dos antiguas aulas que fueron conectadas durante la renovación. Se añadieron una cocina, un cuarto de baño y un aparato de aire acondicionado en una de las ventanas. Puesto que ya vivía allí durante la reconstrucción, ayudó a supervisar y tener vigilado el lugar, e hizo prevalecer su opinión en una serie de cosas, como mantener los suelos de abeto originales, el revestimiento de la pared, los techos abovedados, incluso las pizarras, que utiliza para anotar listas de la compra y otros recados que tiene que hacer, así como números de teléfono y citas. Deja las pruebas encima de la mesa, cierra la pesada puerta de roble, echa la llave, pasa el pestillo, echa un vistazo en derredor tal como hace siempre para asegurarse de que nada está fuera de lugar, y el ánimo se le hunde aún más.

Tras toda una jornada de Lamont y Stump, se siente peor de lo normal con respecto a sí mismo, le producen un efecto deprimente la alfombra oriental, la mesa Thomas Moser, el sofá de cuero y las sillas desparejadas, así como las estanterías llenas de restos de edición que compró casi regalados y tanto le ha costado leer. Todo indeseable y de segunda mano, de tiendas de viejo, rastros, eBay, Craiglist. Defectuoso, dañado, desechado. Saca la pistola y la deja en la mesa del comedor, se quita la chaqueta y la corbata, se desabrocha la camisa, se sienta delante del ordenador y se conecta a una base de datos de búsqueda de personas, donde introduce la dirección de la casa victoriana en Cambridge. Imprime los últimos treinta y cinco años de propietarios y sus posibles parientes. Otras búsquedas indican que la transacción inmobiliaria más reciente tuvo lugar el pasado mes de marzo cuando la destartalada propiedad fue adquirida por seis millones novecientos mil dólares por una sociedad anónima llamada FDI, con letras mayúsculas, probablemente un acrónimo. Lo busca en Google.

No hay gran cosa. Apenas unos cuantos resultados que coinciden con esas iniciales en inglés: un grupo de rock de San Diego, una página educativa que responde al nombre Primero en Salir Último en Entrar, una Fundación para el Derecho a la Información, el Foro de Indios Izquierdistas, un juego de mesa que tiene que ver con las palabras y el ingenio.

No alcanza a ver cómo ninguno de ellos puede estar relacionado con una mansión victoriana en la calle Brattle, y se le pasa por la cabeza llamar a Lamont y pedirle que se explique, decirle que sabe dónde ha estado esa noche, que la ha visto; tal vez asustarla para que confiese lo que estaba haciendo allí, sea lo que sea. Imagina la habitación con el colchón, la vela, pruebas de que se sacaron fotografías. Piensa en el vandalismo, los indicios de lo que parece ser un robo de cobre. Y se obsesiona con la botella de vino, las huellas de zapatos Prada. Si alguien le está tendiendo una trampa, ¿quién y por qué? ¿Y cómo es posible que Lamont no esté implicada?

Cubre la mesa del comedor con papel de carnicero y se pone guantes de látex. Vierte una ampolla de cristales de yodo en una bolsa con cierre hermético, coloca el sobre dentro, cierra la bolsa y la agita suavemente. Un par de minutos y retira el sobre, sopla encima, sin preocuparse por el ADN: el reverso del sobre cerrado es el mejor lugar para eso. Su aliento cálido y húmedo provoca una reacción química en contacto con el yodo. Aparecen en el papel varias huellas dactilares que se van volviendo negras a medida que sopla. Abre el sobre con un abrecartas y saca una hoja doblada de papel blanco. Pulcramente anotado con rotulador rosa se ve escrito: «Mañana por la mañana a las diez en punto. Parque infantil Filippello. Atentamente, Raggedy Ann.»

El día siguiente a las tres de la tarde, hora de Londres. En New Scotland Yard, el subjefe de policía Jeremy Killien mira por la ventana el letrero triangular giratorio de acero delante del legendario edificio de acero. Por lo general, el lento girar del letrero le ayuda a concentrarse, pero anda falto de nicotina e irritado. Como si no tuviera suficiente entre manos, va el inspector jefe y le suelta una bomba de cuidado.

La oficina de Killien en la quinta planta, en el corazón de la Dirección de Especialistas en Crimen, está llena a rebosar de la iconografía de su vida. Libros, expedientes, las civilizaciones estratificadas de documentos que algún día excavará, las paredes, una muchedumbre cortés y prestigiosa de fotografías. Margaret Thatcher, Tony Blair, la princesa Diana, Helen Mirren: todos posando con él. Tiene la típica vitrina con gorras e insignias policiales, y en un rincón, un maniquí vestido con un uniforme victoriano perteneciente a un policía cuyo número en el cuello, el 452H, indica que su ronda era la de Whitechapel durante la era de Sherlock Holmes y Jack *el Destripador*.

Joder, un maldito pitillo. ¿Es mucho pedir? Killien lleva una hora entera intentando hacer caso omiso del impulso, y vuelve a sentirse agraviado al pensar que, tras décadas de entregar su vida a la Policía Metropolitana, ya no puede fumar en su mesa ni en el interior del edificio, tiene que salir a hurtadillas por el montacargas al patio cerrado con su muelle de carga que apesta a basura y meterse su dosis igual que un indigente. Abre un cajón, se toma otro chicle de nicotina mentolado y se tranquiliza un poco al notar que la lengua empieza a picarle.

Obedientemente, vuelve a centrarse en la revisión de su homicidio de Massachusetts de 1962 aún por resolver.

Qué extraño. Al inspector jefe debe de habérsele ido la olla para aceptar algo semejante. ¿Un asesinato cometido hace cuarenta y cinco años que ni siquiera tuvo lugar en Gran Bretaña? Winston *Win* Garano, también conocido por el alias de Jerónimo, sin duda porque es mestizo. Un tipo atractivo, eso no puede por menos de reconocerlo. Piel color moca, pelo moreno ondulado, la nariz fuerte y recta de un emperador romano. Treinta y cuatro años, no ha estado nunca casado, sus padres murieron cuando tenía siete años. Una estufa defectuosa, envenenamiento por monóxido de carbono. Incluso mató a su perro, *Lápiz*. Qué nombre tan raro para un perro.

Veamos, veamos. Lo crió su abuela, Nana... Vaya, ésta sí que es buena. Se considera a sí misma una «mujer del oficio», una bruja. Unos antecedentes deplorables como conductora, multas de aparcamiento, por saltarse semáforos en rojo, maniobras ilegales, exceso de velocidad, el carnet retirado y recuperado tras abonar las multas. Ay, Dios santo, allá vamos. Detenida hace tres años, aunque se retiró la denuncia. Parece ser que lanzó novecientos noventa y nueve peniques recién acuñados en el jardín del gobernador de Massachusetts, Mitt Romney. Otra mejor aún. Escribió el nombre del vicepresidente Dick Cheney en pergamino, lo introdujo en una bolsa de «caca de perro», lo enterró en un cementerio. La pillaron las dos veces con las manos en la masa, tenía intención de lanzarles una maldición. Bueno, no tiene nada de malo. Deberían haberla recompensado por ello.

Parece ser que a Win Garano lo han retirado de sus deberes habituales para destinarlo al caso de Watertown. Resulta sospechoso. Suena a castigo. Suena a que ha estado haciendo algo para apartarse de su jefa, Monique Lamont, fiscal de distrito del condado de Middlesex. A pesar del notable respaldo popular, se retiró de la carrera electoral para el cargo de gobernador en 2006, se pasó al Partido Republicano y volvió a presentarse a la reelección del cargo que ocupa en la actualidad. Ganó por un amplio margen. No ha estado casada ni parece mantener ninguna relación a destacar en la actualidad. Killien se queda mirando un buen rato su fotografía. Pelo moreno, ojos oscuros, despampanante. De una familia destacada de ascendencia francesa.

Suena su teléfono.

—¿Ha tenido oportunidad de revisar la situación de Massachusetts? —le pregunta el inspector jefe a bocajarro.

«¿Situación? Qué manera tan extraña de plantearlo.» Killien abre un sobre de papel manila, saca más fotografías, así como informes de la policía y la autopsia. Le lleva un segundo caer en la cuenta, asombrado, de que la víctima es Lamont: violada y casi asesinada el año anterior.

—¿Hola? ¿Está ahí? —dice el inspector jefe.

—La estoy revisando en estos mismos instantes —responde Killien, que carraspea.

La agresión se produjo en el dormitorio de su casa de Cambridge, en Massachusetts. Su atacante fue abatido por ese mismo detective, Win Garano. ¿Qué hacía él en su dormitorio? Ahí está. Preocupado por el tono de Lamont al teléfono, se acercó a su casa, encontró la puerta trasera entornada, interrumpió al asaltante y lo mató. Fotografías del asesino en ciernes en el suelo del dormitorio de Lamont, sangre por todas partes. Fotografías de Lamont, de sus heridas. Marcas de ligaduras en torno a las muñecas, los tobillos. Marcas de succión en sus pechos completamente a la vista...

—¿Me está escuchando? —inquiere la voz autoritaria del inspector jefe.

—Claro, señor. —Killien mira por la ventana el letrero giratorio.

—La víctima, como seguro que debe de saber a estas alturas, era británica, de Londres —dice el inspector.

Killien no ha llegado hasta ahí y, si se atreve a reconocerlo, se expone al varapalo del inspector jefe. Killien evita responder la pregunta con una de cosecha propia.

—¿No fue investigado a fondo por la Metropolitana en su momento? —Remueve los documentos que cubren su mesa—. No veo nada...

—No se pusieron en contacto con nosotros, por lo visto. No parece que hubiera intereses británicos en el asunto. El novio de la víctima, norteamericano, era el sospechoso principal, y por mucho que se hubiera albergado la menor sospecha de que había sido obra del Estrangulador de Boston, no habría habido razón para implicarnos.

—¿El Estrangulador de Boston?

—La teoría de la fiscal de distrito.

Killien dispersa las fotografías tomadas en el hospital, donde la examinó una enfermera forense. Se imagina a los polis viendo a Lamont en ese estado. «¿Cómo pueden volver a mirar a su poderosa fiscal de distrito y no imaginar lo que se ve en estas fotos? ¿Cómo se las arregla?»

—Haré lo que usted desee, naturalmente —dice—. ¿Pero a qué viene tanta urgencia de repente?

—Hablaremos de ello tomando una copa —responde el inspector jefe—. Tengo un compromiso en el Dorchester, así que reúnase conmigo allí a las cinco en punto.

Mientras tanto, en Watertown, el parque Filippello está desierto.

Nada salvo mesas de picnic vacías bajo la sombra de los árboles, campos de juego desocupados y barbacoas frías. Win supone que el parque infantil al que se refería Raggedy Ann en el mensaje que le ha dejado a Farouk es probablemente el arenal para niños, así que espera en un banco cerca de los toboganes y el laguito. No hay indicio de nadie hasta ocho minutos después de las diez, cuando oye un coche en el sendero de bicis. Sólo hay dos clases de personas lo bastante desalmadas como para conducir en senderos destinados a bicicletas: los polis o los idiotas que deberían ser detenidos. Se levanta en el momento en que un Taurus azul oscuro aparca, y Stump baja la ventanilla.

—Tengo entendido que vas a encontrarte con alguien.
—Parece furiosa, como si lo odiase.

—¿La has espantado? —dice, tampoco muy afable.
—No deberías estar aquí.

—Me parece que es un parque público. ¿Y qué demonios haces tú aquí?

—Tu reunión ha quedado cancelada. Me ha parecido que debía pasarme para decírtelo en persona. Me he tomado la molestia, incluso después de lo que hiciste.

—¿Lo que hice? ¿Y quién demonios te ha dicho...?

—Te presentas sin avisar en el laboratorio itinerante —le interrumpe Stump—. Pasas una hora conmigo, fingiendo ser un tipo amable, incluso dispuesto a ayudar. Luego me llamas y me propones una cita, y mientras tanto te estás quedando conmigo.

—¿Quedándome contigo?

—Calla y sube. He reconocido tu tartana aparcada por ahí. Luego la coges. No creo que tengas que preocuparte por que alguien vaya a robarla.

Avanzan lentamente por el sendero para bicicletas, las gafas de sol de Stump fijas al frente, su atuendo informal rayano en el desaliño, si bien premeditado. Camisa caqui, por fuera, holgada, para esconder la pistola en la cadera o en los riñones. Los vaqueros son anchos, de una tela azul desvaída, desgastados en algunas zonas, y largos, seguramente para disimular la funda de pistola sujeta al tobillo; con toda probabilidad el tobillo izquierdo. Aunque podría estar en el tobillo derecho, Win no tiene ni idea. Lo ignora todo acerca de las prótesis, y sigue el contorno de sus muslos, preguntándose qué hace para mantener el derecho tan musculoso como el izquierdo, imagina que debe de hacer ejercicios de extensión con las piernas, tal vez en un aparato diseñado especialmente, o quizá se cuelga pesas debajo de la rodilla y hace extensiones. Él, en su lugar, no dejaría que se le atrofiara el muslo por completo sólo porque le faltase otra parte del cuerpo.

Stump detiene el vehículo de repente, tira de una palanca bajo el asiento para hacerlo retroceder al máximo y apoya el pie derecho en el salpicadero.

—Venga —le espeta—. Mira todo lo que quieras. Estoy harta de ese voyeurismo tuyo, tan poco sutil.

—Qué estupendas botas de montaña —dice Win—. LOWA, con revestimiento de suelas Vibram, absorben las caídas, tienen una estabilización pasmosa. De no ser por el reborde de la prótesis a la altura de la rótula, que, por cierto, resulta visible a través de los vaqueros sólo porque tienes la pierna doblada y medio alzada, no me habría dado cuenta. No soy yo el que tiene el problema. Soy curioso, sí, pero no un *voyeur*.

—Te has dejado lo de manipulador, porque eso es lo que eres, un maldito manipulador que no debe de hacer otra cosa que pasearse por tiendas de ropa de marca y mirar catálogos de moda masculina. Lo único que te importa es tu aspecto, y no me extraña, porque no hay mucho aparte de eso. Y no sé qué te traes entre manos, pero ésta no es manera de empezar. En primer lugar, deberías haberte reunido con el jefe a las diez, así que ya empiezas por demostrar tu falta de respeto.

—He dejado un mensaje.

—En segundo lugar, no me hace gracia que te metas con gente que no te concierne.

—¿Qué gente?

—La mujer a la que has acosado para que se reúna contigo en el parque.

—Yo no he acosado a nadie, eso te lo aseguro. Me dejó una nota en casa a última hora de anoche, firmada por Raggedy Ann, me pidió que me reuniera con ella en el parque esta mañana. —No cae en la cuenta de lo ridículo que suena eso hasta que lo ha dicho.

—Mantente alejado de ella.

—Creía que no era más que una tarada de algún refugio para indigentes. Ahora resulta que de pronto tienes una relación personal con ella.

—Me trae sin cuidado lo que creyeras.

—¿Cómo sabías que iba a reunirme con ella?

Stump adelanta de nuevo el asiento y se pone al volante.

—¿Sabes una cosa? —le dice Win—. No tengo por qué aguantar esto. Da media vuelta y déjame en mi coche.

—Es tarde para eso. Vas a salirte con la tuya. Hoy vas a pasar un rato conmigo. Y tal vez para cuando hayamos acabado hagas caso de mi consejo y te largues de Watertown para volver a tu trabajo.

—Ah, antes de que se me olvide. Anoche me robaron. —No tiene intención de mencionar a Nana, que fue a quien robaron, no a él—. Ahora resulta que una pirada que se viste como una muñeca de trapo va soltando trolas acerca de mí. Luego, como por arte de magia, apareces tú en vez de ella.

—¿De qué robo me hablas? —Stump deja de lado su numerito de tía dura un instante—. ¿Te refieres a tu apartamento?

—No, al maldito Watergate.

—¿Qué te robaron?

—Ciertos artículos personales.

—Como, ¿por ejemplo?

—Como, por ejemplo, los detalles que no pienso darte porque ahora mismo no confío en nadie, ni siquiera en ti.

Silencio. Entran en Arlington, luego enfilan Elm y después se desvían hacia un aparcamiento remoto en el centro comercial de Watertown, donde aparca marcha atrás entre dos todoterrenos.

—Robos de coches —dice Stump, como si su conversación previa no hubiera tenido lugar—. Unos capullos atan imanes a cuerdas y las arrastran por la puerta para levantar el seguro, o hacen un agujero en una pelota de tenis y la golpean contra el cierre para que el aire expulsado la abra. Naturalmente, lo que está de moda ahora son estos sistemas de navegación portátiles.

Abre la guantera y saca un Magellan Maestro 4040 con el disco adhesivo roto. Conecta el cargador al mechero y enrolla el cable en torno al espejo retrovisor. El GPS averiado cuelga igual que unos dados afelpados.

—La gente es lo bastante estúpida como para dejarlos en sus vehículos a plena vista. En mi caso, fui lo bastante estúpida como para dejar éste en mi coche, que otros polis utilizan cuando estoy fuera de servicio. Seguro que estás acostumbrado a algo muy distinto, ¿eh? Crown Vics con sistema GPS incorporado, teléfonos móviles sin límite de minutos. ¿Sabes qué ocurre cuando llego a mi límite de minutos? Tengo que pagar la factura de mi propio bolsillo. Y ya te puedes ir olvidando de lo de llevarte el coche a casa.

—Si yo pudiera llevarme el coche a casa, ¿crees que estaría conduciendo esa tartana, como la has descrito tú, tan diplomáticamente?

—¿De quién es, por cierto? No va con tus trajes de marca y tu reloj de oro.

Win guarda silencio.

—¿Ves a esa anciana que abre su miniván? —continúa Stump—. Podría tirarla al suelo y largarme con su bolso antes de que te dieras cuenta. Para ella, sería probablemente lo peor que le ha pasado en la vida. Los peces gordos como tú ni siquiera se molestan en denunciarlo.

—Está claro que no me conoces.

—Ah, te conozco muy bien, porque sé lo que acabas de hacer. —Lo miran sus gafas de sol—. Eres peor de lo que creía. ¿Qué has hecho? ¿Pasearte por los refugios de indigentes hasta dar con ella para darle un susto de muerte?

—Te lo he dicho. Fue ella la que dio el primer...

—Igual lo dio. Después de que la siguieras y la aterraras sacando partido de su precaria salud mental. —La hostilidad de Stump resulta cada vez menos convincente.

Win no sabe a ciencia cierta por qué, pero tiene la sensación de que lo suyo es un numerito y no es una actriz especialmente diestra.

—¿Quién es? —indaga Win—. ¿Y a qué viene esa payasada de Raggedy Ann?

—Es quien tiene que ser. Tal vez lo cree, tal vez no. ¿Quién sabe? No importa.

—Sí que importa. Hay diferencia entre ser psicótica y excéntrica. —Ve más compradores que regresan a sus coches, pero ningún ladrón de GPS.

—Asegura que la amenazaste —insiste Stump—. Asegura que le dijiste que, si no se reunía contigo en el parque esta mañana, te ocuparías de que la encerraran cada vez que saliera por la puerta.

—¿Te dio alguna explicación verosímil para que la amenazara?

—Querías acostarte con ella.

—Si te has tragado eso, igual eres tú la psicótica —responde él.

—¿Por qué? ¿Porque un tipo como tú puede acostarse con quien quiera, así que para qué iba a querer a una cualquiera tan poco atractiva como ella?

—Venga, Stump. Si me has investigado tan a fondo como dices, sabes perfectamente que no tengo esa clase de reputación.

—Me da la impresión de que no sabes lo que cuenta de ti la gente, no estás al tanto de las especulaciones.

—La gente dice muchas cosas sobre mí, pero ¿a qué te refieres, exactamente?

—A lo que ocurrió en realidad aquella noche en el dormitorio de Lamont.

Win se ha quedado sin habla, no puede creer lo que ha dicho.

—¿Cómo puedo saber la verdad? —dice Stump.

—No me aprietes más de la cuenta. —Lo dice en voz queda.

—Sólo te advierto que circulan especulaciones; por todas partes. Hay gente, sobre todo polis, convencidos de que ya estabas en casa de Lamont cuando entró aquel tipo. Concretamente, en su dormitorio. Concretamente, podrías haberla protegido sin matarlo, pero eso quizás habría dado pie a que la gente se enterara de vuestro sucio secretillo.

—Llévame de regreso a mi coche.

—Tengo derecho a saber si vosotros dos habéis tenido alguna vez...

—Tú no tienes derecho a nada —le recrimina.

—Si voy a tenerte el menor respeto...

—Igual deberías empezar a preocuparte por que yo te tenga el menor respeto a ti —replica él.

—Tengo que saber la verdad.

—Y si la hemos tenido, ¿qué? ¿Qué pasa? Es soltera. Yo también. Los dos somos adultos que damos nuestro consentimiento.

—Una confesión. Gracias. —El tono es frío.

—¿Por qué es tan importante para ti? —pregunta él.

—Significa que estás viviendo una mentira, que no eres más que un embaucador, un embustero. Que duermes con la jefa, y que eso nos conduce directamente a por qué te ha enviado a Watertown. Tú debes de sacar algo del asunto. Sobre todo si te acuestas con ella. Y probablemente lo haces. La gente como tú me sobra.

—No, me parece que en realidad estás intentando por todos los medios que te sobre —replica Win—. ¿Qué pasa? ¿Reafirma tu idea del universo el que yo sea una basura?

—Con lo narcisista que eres, no me extraña que lo creas así.

—No nos hemos ido a la cama —dice—. Ahí lo tienes. ¿Estás contenta?

Silencio mientras pone en marcha el coche, reacia a mirarle.

—Y podría habérmela llevado a la cama, si tanto te interesa —añade—. No lo digo para alardear, pero después de lo que ocurrió, estaba... ¿cómo diría yo? Muy vulnerable.

—¿Y ahora? —Stump empieza a introducir una dirección en el GPS montado de cualquier manera.

—¿Después de lo que le ocurrió? Siempre será vulnerable —dice Win—. El problema es que no llegará a enterarse nunca, porque no hace más que cometer un grave error tras otro. A pesar de toda su presunción, Lamont huye de sí misma como alma que lleva el diablo. Pese a lo lista que es, no tiene la menor perspicacia.

—No me refería a eso. ¿Qué ocurre ahora?

—No estamos ni remotamente cerca de algo así. ¿Adónde vamos, por cierto?

—Tengo que enseñarte una cosa —dice Stump.

5

El Hotel Dorchester es para jefes de Estado y personajes famosos, no para gente como Killien, que apenas puede permitirse una taza de té allí.

Los aparcacoches se están ocupando de un Ferrari y un Aston Martin cuando un taxi lo deposita sin la menor cortesía en medio de un racimo de árabes tocados con turbantes que no tienen el menor interés en apartarse de su camino. «Probablemente parientes del sultán de Brunei, que es el dueño de este maldito lugar», piensa Killien al entrar a un vestíbulo de columnas de mármol y cornisas doradas, con suficientes flores frescas para varios funerales. Una ventaja de ser inspector es que sabe cómo entrar en un lugar o una situación y comportarse como si estuviera en el lugar que le corresponde.

Se abrocha la chaqueta de traje arrugada, dobla a la izquierda, entra en el bar y pone empeño en mostrarse indiferente a las vidrieras rojas, la caoba, la seda púrpura y dorada, los asiáticos, más árabes, algún que otro italiano, un par de americanos. No parece que haya ni un solo británico salvo por el inspector jefe, sentado solo a una mesita redonda en un rincón, la espalda contra la pared, de cara a la puerta. A fin de cuentas, en el fondo el inspector jefe sigue siendo un poli, aunque un poli muy bien situado gracias a que ha tomado buenas decisiones en la vida, entre ellas la de casarse con una baronesa.

Bebe whisky, solo, probablemente Macallan con un regusto a jerez. Las bandejitas de plata con patatas fritas y frutos secos que hay cerca están sin tocar. Tiene un aspecto impecable con traje gris de raya diplomática, camisa blanca, corbata de seda rojo oscuro, el bigote pulcramente recortado, los ojos azules típicamente ausentes, como si estuviera preocupado, cuando en realidad no se le escapa nada. Apenas ha tomado asiento Killien cuando aparece un camarero. Una pinta de cerveza negra le vendrá bien: no puede perder la cabeza.

—Tengo que ponerle al tanto de los detalles de este caso americano —comienza el inspector jefe, a quien no le va la charla intrascendente—. Sé que se pregunta por qué es una prioridad.

—Desde luego que me lo pregunto —dice Killien—. No tengo ni idea de qué va todo esto, aunque lo que he visto hasta el momento es más bien curioso. Por ejemplo, Monique Lamont...

—Poderosa y controvertida. Y despampanante, cabría añadir.

Killien piensa en las fotografías. El inspector jefe también debe de haberlas visto, y se pregunta si su jefe comparte su misma reacción, más bien perturbadora. No es correcto mirar fotografías vinculadas con un crimen violento y dejar que la atención de uno vaya más allá de las heridas de la mujer y se adentre en áreas que nada tienen que ver con un buen trabajo policial. Y Killien no puede dejar de pensar en las fotografías, de imaginar su suave...

—¿Me sigue, Jeremy? —pregunta el inspector jefe.

—Desde luego.

—Se le ve un tanto distraído.

—En absoluto.

—Pues bien —continúa el inspector jefe—, hace unas semanas, me llamó y me preguntó si estaba al tanto de que una posible víctima del Estrangulador de Boston era ciudadana británica. Dijo que el caso se había reabierto y sugirió que se implicara Scotland Yard.

—A decir verdad, no veo por qué deberíamos ir más allá de hacer un par de pesquisas con discreción. Me parece que es un asunto político.

—Claro. Lamont ya tiene prevista una campaña de publicidad extravagante, incluido un especial de la BBC que garantiza que se emitirá si participamos, y tal y cual. Una actitud bastante presuntuosa, como si necesitáramos su apoyo para que la BBC nos preste atención. Es de lo más descarada.

—No veo cómo podemos ayudarle a demostrar semejante teoría, puesto que no hay certeza de la identidad del Estrangulador de Boston, y probablemente nunca la habrá —señala Killien.

El inspector jefe toma un sorbo de whisky.

—Su agenda política no tiene mayor trascendencia. Ya conozco a los de su ralea. Por lo general, su intento de involucrarnos en un asunto semejante sería ignorado desde el punto de vista político. Pero parece ser que hay un detalle del que Lamont no está al tanto, y por eso estamos manteniendo esta conversación usted y yo.

Aparece el camarero con la pinta de cerveza negra y Killien toma un buen trago.

—Cuando acudió a Scotland Yard con su antiquísimo caso, por amabilidad, cuando menos, hice que indagaran en el asunto, lo que incluyó llevar a cabo averiguaciones sobre ella. Sólo las comprobaciones de rutina —continúa el inspector jefe—. Y nos hemos topado con una información inquietante, no sobre el caso, que, a decir verdad, me importa muy poco, sino acerca de la propia Monique Lamont, y las transacciones y donaciones de dinero en las que ha reparado la Secretaría de Hacienda de Estados Unidos. Resulta que su nombre aparece en la base de datos de la Agencia de Inteligencia y Defensa.

Killien posa bruscamente la pinta de cerveza negra.

—¿Es sospechosa de canalizar fondos a terroristas?

—Eso es.

—A primera vista, lo que me viene a la cabeza es un error burocrático. Tal vez realizó de pronto transferencias de sumas importantes por razones legítimas —sugiere Killien.

Ocurre más a menudo de lo que la gente se piensa. Sobre la base de lo que ha leído en su informe, al igual que el inspector jefe, Lamont posee millones de dólares que no adquirió por sus propios medios, probablemente mueve cantidad de dinero, paga en metálico grandes compras tanto en Norteamérica como en el extranjero y hace generosas donaciones a organizaciones diversas. Entonces recuerda otra cosa que acaba de revisar. El otoño pasado cambió de repente de partido político. Eso podría ser motivo suficiente para que quienquiera que se hubiera sentido traicionado u ofendido buscase venganza.

—Lo más preocupante —dice el inspector jefe—, parece ser una contribución notable que ha hecho recientemente a un fondo de ayuda a la infancia en Rumanía. Algunos de esos grupos, como bien sabe, son fachadas para recaudar dinero destinado al terrorismo. El fondo al que ha hecho esa donación, en concreto, es sospechoso de traficar con huérfanos y suministrárselos a Al-Qaeda con el fin de utilizarlos como terroristas suicidas y demás.

Le cuenta a Killien que se armó un revuelo considerable en la prensa acerca de la donación, la súbita compasión de Lamont por los huérfanos, lo que lleva a Killien a sospechar que, si el fondo de ayuda es en realidad una tapadera para terroristas, es dudoso que Lamont lo sepa. De saberlo, ¿por qué iba a dar una conferencia de prensa al respecto? Da igual. Actuar con premeditación y ser consciente de ello no son condiciones imprescindibles para ser culpable de un delito.

Y el inspector jefe dice:

—Está en una lista de personas que tienen prohibido volar, aunque probablemente no lo sabe porque no ha intentando reservar billete para vuelos comerciales estos últimos meses. Cuando lo haga, empezará a darse cuenta de que la vigilan, razón por la que tenemos que abordar el asunto sin pérdida de tiempo.

—Si hubieran inmovilizado sus bienes, sin duda se habría dado cuenta.

—La CIA, el FBI y la DIA dejan sin inmovilizar numerosas cuentas para poder seguir la pista a fondos de financiación de presuntos terroristas. Lo más probable es que Lamont no tenga ni idea.

Eso despierta los miedos íntimos del propio Killien. Uno nunca sabe quién está hurgando en tu cuenta bancaria, tu correo, informes médicos o páginas preferidas en la Red, hasta que un día descubres que tienes los bienes inmovilizados o no puedes embarcar en un avión, o se presentan unos agentes en tu trabajo o tu casa y te llevan a comisaría para interrogarte, tal vez para deportarte a una prisión secreta en un país que niega recurrir a la tortura.

—¿Qué tiene todo esto que ver con el asesinato de Janie Brolin y nuestra repentina urgencia por investigarlo? —pregunta.

El inspector jefe indica al camarero que le traiga otro whisky y responde:

—Nos ofrece una excusa para investigar a Monique Lamont.

La cúpula del antiguo ayuntamiento reluce sobre Boston como una corona dorada, y mientras Lamont mira por la ventanilla tintada del Expedition negro de la policía del estado, se pregunta por qué es de oro de veintitrés quilates en vez de veinticuatro.

Una curiosidad trivial que sin duda fastidiará al gobernador Mather, que se las da de historiador. Lamont tiene ganas de descolocarlo tanto como le sea posible esta mañana, devolverle la moneda por desairarla, y al mismo tiempo recordarle que es inmensamente valiosa. Al cabo, el gobernador le prestará oídos y caerá en la cuenta de lo brillante que es su iniciativa contra el crimen, el caso de Janie Brolin, y sus ingentes implicaciones internacionales.

El ayudante que escolta a Lamont es hablador, Lamont no. Camina decidida, familiarizada con el pasillo, la cámara del concejo municipal, la sala del gabinete, la sala de espera con retratos y elegantes antigüedades, y, por último, el sanctasanctórum. Todo eso debería haber sido suyo.

—¿Gobernador? —dice el ayudante desde el umbral—. Está aquí la señora Lamont.

Está sentado a su mesa, firmando documentos; no levanta la vista al entrar Lamont.

—Si alguien sabe la respuesta a esta pregunta, tienes que ser tú, Howard —comienza ella—. La cúpula del ayuntamiento. ¿Por qué es de veintitrés quilates y no de veinticuatro?

—Supongo que deberías preguntárselo a Paul Revere —dice, distraído.

—Él la cubrió de cobre —señala Lamont.

El gobernador firma algún otro documento y dice:

—¿Qué?

—Por si alguna vez te lo has preguntado, ya sé que no te gustaría incurrir en un error. Paul Revere recubrió la cúpula de cobre para impermeabilizarla. —Toma asiento sin que medie invitación en una pesada butaca tapizada de espléndido damasco—. La cúpula no fue revestida con pan de oro hasta un siglo después. Y me fascina que eligieras un retrato de William Phips. —Observa el severo óleo que cuelga encima de la chimenea de mármol detrás de la mesa de Mather—. Nuestro estimado gobernador, famoso por el juicio de las brujas de Salem —añade.

Una de las ventajas de ser gobernador es la de elegir el retrato de tu gobernador preferido de Massachusetts para que cuelgue en el despacho. Todo el mundo sabe que Mather habría elegido el suyo propio si ya estuviera pintado. William Phips, devoto cruzado en la lucha contra el mal, mira de soslayo a Lamont, que contempla más antigüedades, los ornamentos de estuco que decoran las paredes. ¿Por qué a los hombres, sobre todo a los republicanos, les vuelve locos Frederic Remington? Bronco Buster en su exuberante caballo. Cheyenne sobre un caballo al galope. Serpiente de cascabel a punto de picar a un caballo.

—Agradezco que hayas hecho un hueco para verme, Howard.

—La cúpula del ayuntamiento —dice, pensativo—. Doradura de veintitrés quilates en vez de veinticuatro. Eso me coge de nuevas, pero en cualquier caso, resulta simbólico, ¿verdad? Igual para recordarnos que el gobierno no es del todo puro.

Pero el gobernador lo es: un puro republicano conservador. Blanco, de poco más de sesenta años, con un agradable rostro beatífico en abierta contradicción con el hipócrita despiadado que se esconde tras él. Medio calvo, corpulento, con un aire lo bastante amistoso como para no parecer despótico o deshonesto, a diferencia de Lamont, a quien se supone embustera y hostigadora porque es hermosa, brillante, progresista, exquisitamente vestida, fuerte y bastante explícita en su apoyo e incluso tolerancia hacia los desfavorecidos. En resumidas cuentas, tiene el aspecto y el discurso de una demócrata. Y seguiría siéndolo, de hecho, sería gobernadora, si no llega a ser porque confió su bienestar a un descendiente directo de ese histérico de la caza de brujas que fue Cotton Mather.

—¿Qué debería hacer? —pregunta Lamont—. El estratega eres tú. Reconozco que soy más bien neófita en lo tocante a la política.

—He estado dando vueltas a ese asunto de YouTube, y es posible que te sorprenda lo que voy a decir. —Deja el bolígrafo—. Resulta que no lo veo como una carga sino como una posibilidad. Como verás, Monique, me temo que la verdad pura y simple es que tu cambio al Partido Republicano no ha tenido el efecto deseado. El público, ahora más que en el pasado, te ve como un ejemplo de mujer liberal y ambiciosa, de esas que no se quedan en casa para criar a sus hijos...

—He dejado bien claro que me encantan los niños,

tengo una preocupación sincera y demostrable por su bienestar, sobre todo en el caso de los huérfanos...

—Huérfanos en lugares como Lituania...

—Rumanía.

—Deberías haber escogido huérfanos autóctonos, los que están aquí mismo, en América. Quizás algún que otro desplazado por el huracán *Katrina*, por ejemplo.

—Tal vez deberías haberlo sugerido antes de que firmara el cheque, Howard.

—¿Ves adónde quiero llegar con esto?

—A por qué me has evitado desde que te eligieron para el cargo, sospecho que es ahí adonde quieres llegar.

—Seguro que recuerdas las conversaciones que tuvimos antes de las elecciones.

—Recuerdo hasta la última palabra.

—Y por lo visto, después de hablarlo todo, empezaste a hacer caso omiso de todas y cada una de mis palabras, actitud que considero ingrata e imprudente. Así que ahora acudes a mí en un momento de necesidad.

—Te lo compensaré, y sé exactamente cómo...

—Si vas a ser una líder republicana de éxito —solapa sus palabras a las de ella—, tienes que representar los valores de familia conservadores, constituirte en una defensora de los mismos, lanzar una cruzada en su apoyo, postularte en contra del aborto, el matrimonio homosexual, el calentamiento global, la investigación con células madre... Bueno... —junta las yemas de los dedos y las entrechoca propinándose leves golpecitos— no soy quién para juzgarlo, y me trae sin cuidado lo que hace la gente con su vida privada.

—A todo el mundo le importa lo que hace la gente con su vida privada.

—Sin duda no peco de ingenuo en lo que se refiere a

traumas emocionales. Como bien sabes, luché en Vietnam.

Lamont no esperaba que la conversación diera ese giro, y empieza a mostrarse resentida.

—Después de lo que sufriste, es razonable que emerjas como una persona que tiene más que demostrar. Agresiva, furiosa, decidida, tal vez un tanto trastornada. Temerosa de la intimidad.

—No sabía que Vietnam te hubiera causado ese efecto, Howard. Me entristece ver que pueda atemorizarte la intimidad. ¿Qué tal está Nora, por cierto? Sigo sin acostumbrarme a pensar en ella como la primera dama. —Un ama de casa vieja y regordeta con el coeficiente intelectual de una almeja.

—No me violaron sexualmente en Vietnam —aclara el gobernador en un tono prosaico—. Pero sé de prisioneros de guerra que fueron violados. —Desvía la mirada hacia un lado, igual que el gobernador Phips en el cuadro—. La gente te compadece por lo que te ocurrió, Monique. Sólo un monstruo se mostraría indiferente a aquel horrible suceso de hace un año.

—¿Suceso? —Estalla su furia—. ¿Consideras lo que ocurrió un «suceso»?

—Pero, si hemos de ser realistas —continúa él en un tono comedido—, a la gente le trae sin cuidado nuestros problemas, nuestros contratiempos, nuestras tragedias. Detestamos la debilidad. Tiene que ver con la naturaleza humana, es puro instinto animal. Tampoco nos gustan las mujeres que se parecen demasiado a los hombres. La fuerza y el coraje están bien dentro de unos límites, siempre y cuando se manifiesten de una manera femenina, por así decirlo. Lo que sugiero es que ese vídeo en YouTube es un regalo. Te estás acicalando delante del espejo, intentas ponerte atractiva de una manera que los hombres aprecian y a las mujeres les resulta cercana, exactamente la imagen que te hace falta ahora mismo para contrarrestar esta marea creciente de desafortunadas especulaciones acerca de que lo ocurrido te perjudicó como líder en potencia. Sí, en un primer momento despertaste en buena medida la compasión y la admiración del público, pero ahora todo se está yendo hacia el otro extremo. Se te ve como una persona distante, demasiado dura, más calculadora de la cuenta.

—No tenía la menor idea.

—El peligro de Internet es evidente —continúa—. Todo el mundo puede ser periodista, autor, comentarista de noticias, productor cinematográfico. La ventaja es igual de evidente. La gente como nosotros puede hacer lo mismo, cambiar las tornas contra esos que se han erigido en... Si utilizara la palabra que me viene a la cabeza, sería tan vulgar como Richard Nixon. Es posible que puedas plantearte hacer tu propio vídeo y colgarlo de manera anónima. Luego, tras mucha especulación pública, hazte con algún pringadillo que se adjudique todo el mérito.

Que es exactamente lo que hace Mather. Eso ya lo vio ella hace mucho tiempo.

—¿Qué clase de vídeo? —indaga Lamont.

—No lo sé. Ve a misa con un viudo atractivo que tenga varios hijos pequeños. Puedes dirigirte a la congregación transida de emoción, hablar de tu cambio de valores, una conversión en plan *Camino a Damasco*, que te ha transformado en una apasionada defensora del movimiento antiabortista, así como de cambiar la constitución para prohibir el matrimonio homosexual. Haz referencia a la grave situación de las personas y los animales de compañía desplazados por el huracán *Katrina* para que la gente olvide que has ayudado a huérfanos que no eran americanos.

—La gente no cuelga cosas así en YouTube. Tiene que ser algo grabado por sorpresa que resulte embarazoso, controvertido, heroico, algo gracioso. Como ese bulldog que va en monopatín.

—Bueno —dice en tono impaciente—, pues cáete por las escaleras cuando bajas del púlpito. Igual un ujier, o mejor aún, el pastor, se apresura a ayudarte y te coge un pecho accidentalmente.

—Yo no voy a misa, no he ido nunca. Y el argumento es humillante...

—¿Y mirarte el escote en el cuarto de baño no lo es?

—Acabas de decir que no lo era. Has dicho que era seductor, has indicado que resultaba atractivo y llevaba a la gente a recordar que soy una mujer deseable y no una especie de tirana desalmada.

—No es buen momento para mostrarse terco —le advierte Mather—. No dispones de tres años antes de que la maquinaria vuelva a arremeter con fuerza. Ya ha empezado a hacerlo.

—Por eso he solicitado repetidas veces hablar contigo de otro asunto. —Aprovecha la oportunidad—. Una iniciativa de la que tienes que estar al corriente.

Abre el maletín, saca una sinopsis del caso Janie Brolin y se la entrega.

Mather la hojea, menea la cabeza y dice:

—Me trae sin cuidado si Win como se llame lo resuelve. Estás hablando de titulares para un día, tal vez dos, y para las elecciones, a nadie le importará, ni lo recordará siquiera.

—No se trata de un caso, sino de algo mucho más importante. Y tengo que hacer hincapié en que todavía no puede hacerse público, de ninguna de las maneras. Te lo digo en confianza, Howard.

El gobernador entrelaza las manos encima de la mesa.

—No sé por qué iba a hacerlo público ya, puesto que no le encuentro ningún interés. Estoy más interesado en ayudarte en el asunto de tu autodestrucción.

Eso sí que es un doble sentido.

—Por eso me he tomado el tiempo necesario para aconsejarte —le dice—. Para ponerle fin.

A lo que quiere poner fin es a ella. La desprecia, siempre la ha despreciado, y la apoyó en las pasadas elecciones sólo con un propósito muy sencillo. Los republicanos tienen que hacerse con todos y cada uno de los puestos a su alcance, sobre todo el de gobernador, y la única manera de tenerlo garantizado pasaba por debilitar al Partido Demócrata al retirarse Lamont de la contienda electoral en el último momento. El que adujera «razones personales» no era más que una fachada detrás de la que ella y Mather hicieron un pacto que ahora, bien sabe Lamont, él no tiene la menor intención de mantener.

Ella no será nunca senadora ni miembro del congreso republicana y, sobre todo, nunca formará parte de su gabinete si Mather alcanzara el objetivo de llegar a la presidencia antes de morir. Cayó presa de sus maquinaciones porque, francamente, en aquellos momentos, no podía pensar con claridad.

—Ahora quiero que me escuches —dice el gobernador—. Se trata de una tentativa insensata y frívola, y no te hace falta más publicidad mala. Ya has tenido suficiente para el resto de tu vida.

—No estás al tanto de los detalles del caso. Cuando los conozcas, tendrás una opinión diferente.

—Bueno, adelante con el discurso de apertura. Hazme cambiar de parecer.

—No se trata de un caso de homicidio sin resolver de hace cuarenta y cinco años —dice—. Se trata de aliarnos con Gran Bretaña para resolver uno de los crímenes más infames de la historia. Hablo del Estrangulador de Boston.

El gobernador frunce el ceño.

—¿Qué demonios tiene que ver Gran Bretaña con que violaran y asesinaran a una pobre chica ciega en Watertown? ¿Qué tiene que ver Gran Bretaña con el Estrangulador de Boston, por el amor de Dios?

—Janie Brolin era ciudadana británica.

—¡A quién le importa un carajo, a menos que fuera la madre de Bin Laden!

—Y muy probablemente fue asesinada por el Estrangulador de Boston. Scotland Yard está interesado; muy, pero que muy interesado. He hablado con el inspector jefe, largo y tendido.

—Vaya, eso me cuesta trabajo creerlo. ¿Por qué iba a ponerse al teléfono siquiera con una fiscal de distrito de Massachusetts?

—Tal vez porque es sincero acerca de lo que hace, está muy seguro de quién es —responde con sutileza—. Y tiene presente que conviene enormemente tanto a Gran Bretaña como a Estados Unidos forjar una nueva alianza ahora que hay un nuevo primer ministro y, con un poco de suerte, dentro de muy poco, un nuevo presidente que no sea... —Recuerda que ahora es republicana, y debería tener cuidado con lo que dice.

—Una alianza con respecto a lo que se hace en Irak, con los terroristas, sí —replica Mather—, ¿pero con el Estrangulador de Boston?

—Te aseguro que en Scotland Yard se muestran entusiasmados y nos prestan todo su apoyo. No seguiría adelante con el asunto si esa parte no hubiera encajado ya.

—Sigue resultándome difícil de creer...

—Escucha, Howard. La investigación está en marcha, ya es una realidad. La coalición de justicia criminal más extraordinaria de la historia. Reino Unido y Estados Unidos aunando fuerzas para enmendar un terrible agravio cometido contra una ciega indefensa, una persona anónima en un lugar desconocido llamado Watertown.

—Bueno, todo eso me parece ridículo —replica, pero se muestra interesado.

—Si mi plan tiene éxito, y lo tendrá, el mérito irá a parar directamente a ti, lo que no sólo demuestra que eres un cruzado a favor de la justicia y que tienes un gran corazón, sino que te lanza al ámbito internacional. Serás el personaje del año de la revista *Time*.

Se congelará el infierno antes de que Lamont le ceda el mérito. Y si alguien va a ser el personaje del año, será ella.

—Por fascinante que pueda ser pensar que esa chica ciega británica fue asesinada por el Estrangulador de Boston —dice el gobernador—, no veo cómo demonios vas a demostrarlo.

—No se puede demostrar lo contrario. Eso es lo que nos garantiza el éxito.

—Más vale que vayas sobre seguro con esto —le advierte—. Si se convierte en un motivo de vergüenza, me aseguraré de que cargues tú con el asunto, no yo.

—Por eso debemos mantenerlo al margen de la prensa de momento —reitera Lamont.

Mather lo filtrará de inmediato.

—Lo haremos público sólo si tiene éxito —dice ella. El gobernador no va a esperar.

—Lo que, como he dicho, estoy convencida de que ocurrirá —añade.

Naturalmente, él lee entre líneas. Lamont ve lo que piensa en sus ojos pequeños y brillantes. «Vaya imbécil cobarde y superficial está hecho.» Seguro que quiere que los medios aborden todo el asunto de inmediato, porque de acuerdo con su estrechez de miras, si la iniciativa de Lamont fracasa, será la gota que colma el vaso para ella y lo más probable es que no se recupere. Si tiene éxito, él dará un paso al frente una vez acabado todo y se arrogará el mérito, con lo que (y eso es lo que no alcanza a ver) quedará como el político fraudulento y cínico que es. El único ganador al final de la jornada será ella, como hay Dios.

—Tienes razón —dice el gobernador—. Vamos a mantenerlo en secreto por el momento, esperaremos a que sea un hecho consumado.

Alameda de Revere Beach, a toda velocidad por delante de Richie's Slush con su tejado a rayas como una piruleta, en dirección a Chelsea.

—No hay que confundirlo con el Chelsea de Londres —señala Stump.

—¿Se trata de otra de tus elaboradas alusiones literarias? —dice Win.

—No. Sólo una parte preciosa y muy en boga de Londres.

—No he estado nunca en Londres.

El Chelsea de Massachusetts, a tres kilómetros de Boston, es una de las ciudades más pobres del estado, con uno de los mayores índices de inmigrantes sin papeles, así como la mayor tasa de crímenes. Plurilingüe, multicultural, atestado y en decadencia, la gente no se lleva bien y sus diferencias suelen dar con sus huesos en la cárcel o en el cementerio. Las pandillas son una plaga que roba, viola y asesina simplemente porque está en su mano hacerlo.

—Un ejemplo de lo que ocurre cuando la gente no se entiende entre sí —dice Stump—. He leído en alguna parte que por aquí se hablan treinta y nueve idiomas. La gente no puede comunicarse, al menos un tercio son analfabetos. Se malinterpretan, y antes de darse cuenta, alguien recibe una paliza, es acuchillado o le pegan un tiro en plena calle. ¿Hablas español?

—Algunas palabras clave, como «no», que en español quiere decir «no» —responde.

El paisaje sigue deteriorándose, una manzana tras otra de casas destartaladas con barras en las ventanas, cantidad de locales para canjear cheques, túneles de lavado de coches, conforme Stump se va adentrando en el corazón oscuro y deprimente de la ciudad a medida que el GPS que cuelga oscilante del espejo retrovisor le va indicando que gire hacia aquí o hacia allá. Entran en una zona industrial que en los buenos tiempos de la mafia era el lugar ideal para deshacerse de cadáveres, un kilómetro y medio cuadrado escuálido y aterrador de cobertizos medio oxidados, instalaciones de almacenaje y vertederos. Algún que otro negocio es legal, le explica Stump. Muchos son tapaderas para el tráfico de drogas, el trapicheo de mercancía robada y otras actividades turbias como la «desaparición» de coches, camionetas, motos y aviones pequeños.

—Hasta un yate en cierta ocasión —añade—. Un tipo quería cobrar el seguro, denunció el robo de su barco, lo trajo hasta aquí y lo redujo a un cubo de chatarra.

Otra vez el iPhone de Win. Comprueba la identidad de quien llama: «Número privado.» El número de Lamont siempre se refleja así. Responde, y la voz del periodista del *Crimson*, Cal Tradd, resuena en su oído.

—¿Cómo has conseguido este número? —le pregunta Win.

—Monique me ha dicho que te llamara. Tengo que hacerte unas preguntas sobre el caso de Janie Brolin.

«Maldita sea.» Le prometió que no trascendería nada a la prensa hasta que el caso estuviera resuelto.

—Oye, esto es importante —continúa Cal—. Tengo que verificar que estás llevando a cabo una misión especial, y que hay un vínculo con el Estrangulador de Boston.

—Que te den por el saco. Cuántas veces tengo que decirte que no hablo con periodistas...

—¿Has escuchado la radio o visto la tele? Tu jefa está hecha una furia. Alguien ha filtrado todo esto, y sospecho que tiene que ver con la oficina del gobernador. No voy a citar nombres, pero basta con decir que conozco a alguno de los idiotas que trabajan allí...

—No voy a confirmar nada —lo ataja Win, que cuelga, y le dice a Stump—: La noticia está en todas partes.

Ella guarda silencio, ocupada en conducir y maldecir el GPS, que le indica que haga un giro indebido.

6

Stump aparca en una callejuela desde donde tienen una buena vista de DeGatetano & Hijos, una chatarrería con montañas de metal retorcido detrás de una verja rematada con alambre de espino.

—¿Has visto dónde estamos? —le pregunta ella.

—He visto dónde estamos antes de llegar aquí. Igual te crees que me paso la vida en las cafeterías de Cambridge —comenta Win.

Clientes de aspecto rudo van llegando en camionetas, furgonetas y coches, todos cargados de aluminio, hierro, latón y, naturalmente, cobre. Sus miradas son furtivas, tipos que llenan carritos de supermercado y los empujan hacia el taller de máquinas, desvaneciéndose en una ruidosa oscuridad.

—¿Un Taurus sin distintivo policial en una callejuela? —continúa Stump—. Es como si fuéramos un Boeing 747. Igual deberíamos prestar atención a lo que nos rodea, porque desde luego ellos nos están prestando atención a nosotros.

—Entonces, igual no deberías llamar tanto la atención —sugiere Win.

—Eso hacen los que van con el fin de disuadir: llamar la atención.

—Claro. Igual que perseguir cucarachas. Las asustas de un rincón a otro hasta que acaban en el rincón del que han salido. ¿Por qué me traes aquí?

—La de perseguir cucarachas no es exactamente la impresión que quiero que se lleve la gente. Quiero que piensen que voy detrás de ladrones de poca monta. Obreros, instaladores, contratistas, esos capullos que roban metal de los solares en construcción. Una parte es chatarra, pero hay mucho que no lo es. Lo traen aquí, no les piden identificación ni les hacen preguntas, se les paga en metálico, los clientes a los que estafan no tienen ni idea. Recuérdame que nunca restaure ni construya una casa.

—Si vienes por aquí habitualmente, ¿para qué necesitas el GPS? —indaga.

—Vale. Resulta que tengo un sentido de la orientación horrible. Más bien, no lo tengo en absoluto. —Tal como lo dice, parece que es cierto—. Y te agradecería que no lo vayas comentando por ahí.

Win se fija en una persona delgada con ropa holgada y gorra de béisbol que se apea de una camioneta con la caja llena de material de cobre de techado, tuberías y cañerías con abolladuras.

—Yo lo llamo crimen desorganizado —dice Stump—. A diferencia de los viejos tiempos, cuando era una chavala en Watertown. Todo el mundo se conocía, comían en el mismo restaurante que los mafiosos, los mismos tipos que se acordaban de tu abuela en Navidad o te compraban un helado. ¿A decir verdad? Mantenían las calles limpias de gentuza. ¿Los rateros, violadores, pedófilos? Acababan en el río Charles con la cabeza y las manos cortadas.

La persona delgada que está viendo es una mujer.

—El crimen organizado estaba bien —sigue Stump—. Al menos tenían un código, no estaban por la labor de dar palizas a ancianitas, robar coches, allanar casas, abusar de niños, pegarte un tiro en la cabeza por tu billetero, o sin razón alguna.

La mujer delgada empuja dos carritos vacíos hacia su camioneta.

—Cobre. Ahora mismo va a unos ocho de los grandes la tonelada en el mercado negro chino. —Stump cambia de tema de repente, siguiendo la mirada de Win—. ¿Empiezas a entender por qué te he traído aquí?

—Raggedy Ann —dice—. O comoquiera que se llame en realidad.

Está llenando un carrito con cobre de desecho.

—Supercriminal —comenta Stump.

—¿Esa tarada? —dice Win, con descreimiento.

—Bueno, es una criminal, desde luego, pero no la que persigo. Quiero trincar al tipo que está dando golpes importantes, despojando edificios de plomería, cañerías y material de techado. Arranca kilómetros de cableado de líneas eléctricas y solares en construcción, roba camionetas de compañías telefónicas. Quizá se dedica al tráfico de drogas, coge el dinero para comprar oxicodona que luego revende en la calle. Hoy en día va a un dólar el miligramo. Los crímenes relacionados con la droga llevan a otros crímenes que desembocan en la violencia, incluido el asesinato.

—Y crees que el supercriminal descarga aquí el cobre robado —supone Win.

—Por aquí cerca, sí. ¿En este magnífico establecimiento en concreto? Probablemente es uno de los muchos que utiliza.

Win observa a Raggedy Ann y dice:

—Una confidente, imagino.

—Ahora empiezas a pillarlo —asiente Stump.

Raggedy Ann empuja su carrito, no parece incómoda en absoluto, como si se sintiera igual que en su casa en el peligroso mundo de las chatarrerías de Chelsea.

—¿Qué te lleva a pensar que es la misma persona la que lleva a cabo todos los robos de calado? —pregunta Win.

—Un detalle constante en todos los chanchullos importantes. Creo que saca fotos. Hemos recuperado el envoltorio de cámaras desechables, siempre de la misma marca, una Solo H_2O sumergible con flas, van a unos dieciséis pavos en las tiendas, si las encuentras. Y en Internet por seis o siete. Las deja en el escenario, a la vista.

La mansión en la calle Brattle. El vandalismo, las cañerías y canalones de cobre desaparecidos, la plomería arrancada y la caja de cámara desechable Solo H_2O en la cocina de una casa donde Win encontró pruebas que, teme, alguien puso allí a posta, pruebas que podrían conducir hasta él. Está a punto de contarle a Stump lo de su bolsa del gimnasio robada, pero no lo hace. ¿Cómo demonios va a saber quién está detrás de cada cosa? Está atrapado en una telaraña de conexiones, y la araña en el centro es Lamont.

—¿Alguna huella en los envoltorios de cámara que estáis encontrando? —pregunta.

—No ha habido suerte. Los típicos reactivos no han dado resultado con el papel, y la supercola no ha revelado ninguna huella en el plástico. Pero que no se vea una huella no quiere decir que no esté ahí. Igual el laboratorio tiene más suerte, porque desde luego disponen de más instrumentos de la era espacial que yo. Eso si es que alguna vez ponen manos a la obra.

Casi le pregunta si alguna vez ha oído hablar de una sociedad anónima llamada FDI, pero no se atreve. Lamont pasó más de una hora en el interior de esa mansión victoriana abandonada. ¿Con quién estaba? ¿Qué estaba haciendo?

—Déjame que te haga una pregunta, sólo por hacer conjeturas —dice Win—. ¿Por qué habría de sacar fotos en los escenarios de los crímenes tu ladrón de cobre?

—Lo primero que se me ocurre —responde ella— es que disfruta con ello.

—¿Algo así como un ladrón de bancos que disfruta dejando el mismo tipo de nota todas las veces? Disfruta alardeando, haciendo saber a todo el mundo que es el mismo tipo quien lleva a cabo todos los atracos sin dejar una huella ni siquiera parcial, aunque en las cintas de vigilancia se ve que no lleva guantes, ¿no crees?

—¿Sugieres que podría ser el mismo tipo quien está haciendo todo esto? ¿Los atracos a bancos y los robos de cobre? —pregunta, escéptica.

—No lo sé, pero los criminales que alardean de sus delitos y se los restriegan en la cara a la policía no son precisamente habituales. De manera que tener dos oleadas de crímenes en la misma zona geográfica al mismo tiempo, y que ambas tengan lo que parece ser el *modus operandi* que describo, es sumamente extraño.

—No sabía que, además de todos tus otros talentos, poseyeras el de elaborar perfiles criminales.

—Sólo quiero ayudarte.

—No necesito tu ayuda.

—Entonces, ¿qué hago aquí sentado? Podrías haberme dicho que esa tal Raggedy Ann es una confidente para que sepa por qué debo mantenerme apartado de ella. No hacía falta que lo viera con mis propios ojos.

—Hay que ver para creer.

—¿Vas a decirme cómo se llama, o voy a tener que llamarla Raggedy Ann el resto de mi vida?

—No seguirás conociéndola el resto de tu vida, eso te lo prometo. No pienso decirte cómo se llama, y las reglas son las siguientes. —Stump mira hacia el otro lado de la calle—. No la has visto nunca, y ella no nos ha visto nunca a nosotros, ni tiene el menor interés en vernos. Estamos aquí porque nos venía de paso. No tiene mayor importancia. Como te he explicado, lo hago de vez en cuando.

—Supongo que tú también vas a comportarte como si no la conocieras.

—Supones bien.

Raggedy Ann entra al taller con el carrito.

—El tipo que lleva la chatarrería es Bimbo, el mayor borrachuzo de Chelsea. Se cree que somos colegas. Venga —le dice Stump.

Se posan en ellos miradas desde todos los lados cuando se apean del coche y cruzan la calle. El taller es un sitio sucio y ruidoso, con hombres que separan y limpian el metal, lo cortan, lo despojan de tuercas, tornillos, pernos, clavos, aislamiento. Lo lanzan todo a los montones, en medio de un estruendo metálico. Raggedy Ann aparca su carrito lleno de cobre en una balanza a ras de suelo, igual que las que se utilizan en los depósitos de cadáveres para pesar los cuerpos, y sale un hombre de un despacho con aspecto de pocilga. Es bajo, con el cabello moreno abundantemente engominado y un cuerpo nutrido de esteroides, corpulento como un fardo de heno.

Le dice algo a Raggedy Ann y ella vuelve a salir del taller. El tipo le hace un gesto a Stump y saluda:

—Bueno, ¿qué tal va?

—Quiero presentarte a un amigo mío —dice.

—¿Ah, sí? Bueno, ya lo he visto en alguna parte, igual en la prensa —responde Bimbo.

—Eso es porque es de la policía del estado, y ha salido en la prensa, en la tele, porque tuvo que cargarse a un tipo el año pasado.

—Me parece que ya lo recuerdo. El tipo que se cepilló a la fiscal de distrito.

—Es un tipo legal, o no estaría aquí —dice Stump acerca de Win.

Bimbo se le queda mirando fijamente, y luego decide:

—Si tú dices que es legal, te creo.

—Parece ser que tuvo un problemilla en Lincoln, hace un par de noches. Otro robo, y ya sabes a qué me refiero —dice Stump.

—Está entrando mucha mercancía —asiente Bimbo—. ¿Dónde robaron?

—En una casa enorme, de cuatro millones de dólares. Justo antes de que revistieran los tabiques, alguien entró y se llevó todo el cableado. Ahora el constructor tiene que contratar seguridad las veinticuatro horas del día para que no vuelva a ocurrir.

—¿Qué quieres? —Bimbo se encoge de hombros en toda su corpulencia—. El cobre no me habla. Estos dos últimos días he recibido cantidad de cable, que ya está en el horno de fundición.

Raggedy Ann viene empujando otro carrito cargado con cobre de desecho y lo aparca en la balanza. No presta atención a Stump, ni a Win, como si no existieran.

Bimbo le dice a Stump:

—Me mantendré alerta. Lo último que me hace falta es algo así. Yo llevo un negocio limpio.

—Claro, un negocio limpio —repite Stump, mientras ella y Win se alejan—. Lo único que no es robado por aquí es la maldita acera.

—Acabas de dejarme en evidencia delante de esa escoria —dice Win, furioso, cuando vuelven a montarse en el coche.

—Aquí a nadie le importa quién eres, siempre y cuando no le importe a Bimbo, y ése no tiene ningún problema contigo, gracias a mí.

—Gracias por nada. No puedes revelar mi identidad a nadie sin mi permiso.

—Ahora estás en la cancha del Frente. Eres un invitado, y las normas las decidimos nosotros, no tú.

—¿Tu cancha? ¿Ha cambiado la canción? Me parece que esta misma mañana no me querías en tu cancha. De hecho, me has dicho en más de una ocasión que me pierda.

—El que te haya presentado a Bimbo forma parte del juego. Así sabe que estás conmigo, de manera que si vuelve a verte, o te ve cualquier otro, no hay mayor problema.

—¿Por qué tendría que volver a verme?

—Hay muchas posibilidades de que alguien acabe por ser asesinado aquí, así que es tu jurisdicción. Acabo de conseguirte un pasaporte. No tienes que agradecérmelo. Y por si no has pillado lo que quería decir sobre Raggedy Ann, ahora ya sabes que voy en serio. Esquívala.

—Entonces, dile que deje de enviarme notas.

—Ya se lo he dicho.

—Has dicho que es una criminal. ¿Así ha conseguido el cobre?

—El cobre que le acabas de ver descargar no era robado. Tengo un amigo contratista que me hace un favor. Le facilito suficiente chatarra para que se pase por el taller de Bimbo un par de veces a la semana.

—¿Sabe ése que es una confidente?

—Eso invalidaría su labor.

—Lo que te pregunto es si lo sospecha, él o alguien más.

—No hay razón para ello. Anda metida en todo, lleva años así. Es una pena. Viene de una familia muy acomodada, pero como muchos chavales, se enganchó: heroína, oxicodona. Con el tiempo, empezó a prostituirse, a robar, para seguir metiéndose. Cumplió dos años de condena por acuchillar a un tipo que la chuleaba: su error fue no matar al hijo de puta. Salió de la cárcel y volvió a las andadas de inmediato. La metí en un programa de desintoxicación con metadona, en un centro de acogida. En resumidas cuentas, me resulta valiosa y no quiero que acabe muerta.

Mientras pasan por delante de cobertizos herrumbrosos y los neumáticos rebotan al cruzar las vías del tren, su teléfono móvil suena varias veces. Stump no contesta.

—Perdí un confidente hace un par de Navidades —continúa—. La quemó un poli del destacamento especial que se acostó con ella y decidió mencionarla en un informe para que nadie la creyera si lo delataba. Así que él la delató primero. Antes de que nadie se diera cuenta, la chica acabó con un tiro en la cabeza.

Vuelve a sonarle el móvil y pulsa una tecla para silenciarlo. Ya van cuatro veces desde que han salido de la chatarrería, y ni siquiera mira la pantalla para ver de quién se trata.

El laboratorio forense de la policía del estado tiene un protocolo sencillo pero fundamental: las pruebas presentadas tienen que estar vinculadas de manera incontrovertible con un crimen.

Lo que tiene Win en varias bolsas de papel marrón no está vinculado de manera incontrovertible con nada salvo sus propios temores, su propia sensación de urgencia. Si Lamont anda implicada en algo siniestro y lo está involucrando a él, tiene la intención de averiguarlo por su cuenta antes de hacer nada al respecto. Como el tipo tan imaginativo que es, lo que le desconcierta y perturba es la parte del «por qué» de la ecuación. ¿Por qué iba alguien a colarse en casa de Nana para, por lo visto, no robar más que su bolsa del gimnasio? ¿Por qué iba a estar al tanto esa persona de la existencia de Nana, ya para empezar, o de que Win pasa por su casa casi a diario para ver qué tal está, o de que deja por costumbre su bolsa del gimnasio para su colada mágica, o de que ella olvida por rutina cerrar las puertas y activar la alarma, lo que facilita que alguien entre, la coja y se largue?

En el interior del edificio de los laboratorios, un agente llamado Johnny está a cargo de la recepción, absorto en lo que sea que está consultando en su pantalla de ordenador.

—¿Qué tal va? —saluda Win.

—¿Habéis visto esto? —Al tiempo que señala la pantalla—. Joder, es increíble.

Pone el vídeo de Lamont en el servicio de señoras colgado en YouTube. Es la primera vez que Win oye hablar del asunto, y lo analiza con detenimiento. Traje verde de Escada, bolso de piel de avestruz Gucci y zapatos de tacón alto a juego, evidentemente filmado en la Facultad de Ciencias Políticas John F. Kennedy. Recuerda que, minutos después de su conferencia, lo envió a por un café *latte*, y Win la perdió de vista más o menos durante una hora. «No tiene mayor importancia», razona. No habría sido nada del otro mundo que alguien se ocultara en el servicio de señoras siempre y cuando esa persona lo hubiera planeado todo, y es evidente que alguien lo planificó con detenimiento. Planificación previa: un reconocimiento para ver cuándo iba a ir al servicio, asegurándose de que estuviera vacío antes de esconderse en un cubículo. Una mujer, o alguien vestido como tal. Es posible que fuera un hombre, si no había nadie mirando.

—Qué cosa tan rastrera —dice Johnny—. Si alguien le hace algo así a mi mujer, me lo cargo. Pero me da la impresión de que tenéis un buen lío entre manos. Mick estaba en el despacho del director hace apenas una hora, algo relacionado con el caso... ¿Cómo se llama? La mujer asesinada de la escuela para ciegos que no deja de salir en las noticias.

—Janie Brolin.

—Ésa.

—Probablemente Lamont ha hecho venir a Mick porque le preocupa la existencia de cualquier supuesta prueba, aunque no creo que siga habiendo nada relacionado con el caso. Aun así, seguro que quiere cerciorarse de que ninguno de los científicos habla con los periodistas —añade Win—. Al menos eso creo.

—Yo tampoco. —Ésa es la extraña manera que tienen los nativos de Massachusetts de decir «Yo también»—. ¿Para otorgarle el mérito a ella? Vaya. —Mick menea la cabeza rasurada mientras ve de nuevo el vídeo de Lamont—. Es tan fría que a uno se le olvida que es una tía caliente, ¿sabes a qué me refiero? Vaya par de...

—¿Está Tracy por aquí? —pregunta Win.

—Voy a llamarla. —No puede apartar la mirada de Lamont en el servicio de señoras.

Tracy está, y Win sigue un largo pasillo, evita la sala de recepción de pruebas, entra en Servicios del Escenario del Crimen, donde está sentada delante de su ordenador, escudriñando dos huellas dactilares ampliadas en una pantalla dividida, con flechitas que señalan los detalles que está comparando visualmente.

—Tenemos una pequeña discusión —dice, sin levantar la vista.

Win deja las bolsas de papel.

Ella señala la mitad izquierda de la pantalla y luego la derecha.

—El ordenador cuenta tres estrías entre estos dos puntos. Yo cuento cuatro. Como siempre, el ordenador no ve lo que veo yo. Es culpa mía, iba con prisas y no lo he limpiado antes, he tomado un atajo y lo he pasado por autocodificación. Bueno, ¿en qué te puedo ayudar? Porque, siempre que pasas por aquí con bolsitas de papel marrón, se trata de una pista.

—Una especie de caso oficial, y otro caso que no es oficial en absoluto. Así que en realidad te estoy pidiendo un favor.

—¿Quién, tú?

—No puedo contarte los detalles.

—No quiero saberlos. Da al traste con mi objetividad y confirma mi convencimiento esencial de que todo el mundo es culpable.

—Vale. Una lata de Fresca que saqué de la basura el otro día. Una nota de Raggedy Ann con su sobre, no te rías. Huellas en el sobre. Podrían ser de mi condenado casero, cuyas huellas dactilares tienes en la base de datos para poder excluirlas, porque ha tocado otras cosas en el pasado. No he manoseado la nota, y no está en duda quién la envió, pero me gustaría analizar estos objetos, incluido el ADN bajo la solapa del sobre y en la lata de Fresca, si puedes pedírselo prestado, suplicárselo o robárselo a tus colegas de ADN. También tenemos una vela y una botella de vino, un pinot muy rico, es posible que haya huellas. Igual de la señora de la bodega, cuyas huellas también estarán en la base de datos para poder excluirlas, porque también es poli. Tengo fotografías de huellas de zapatos, y el proyectil de nueve milímetros que he utilizado a modo de escala. No tenía una regla a mano, lo siento.

—¿Y qué quieres que haga yo con estas huellas de zapatos?

—Quédate con ellas de momento, por si recuperamos algo con lo que compararlas. —Como sus zapatos Prada robados, si volvieran a aparecer.

—Por último —dice Win—, está el envoltorio de una cámara desechable.

—Hemos recibido una serie de envoltorios de ésos últimamente de distintas comisarías, todas ellas en el condado de Middlesex.

—Lo sé, y los polis están convencidos de que no os molestáis siquiera en mirarlos.

—No puedo molestarme siquiera en mirarlos —replica ella—. Sus chicos de la científica no han encontrado nada en ellos, y nos los envían de todas maneras, con la esperanza de que tengamos una varita mágica, supongo. Igual ven la tele demasiado.

—¿Estás hablando de los chicos de la científica del Frente?

—Es probable —responde ella.

—Bueno, se trata de un solo chico, que además es una

mujer, y no cree en varitas mágicas —le aclara Win—. Y puesto que mi envoltorio de cámara desechable es de la misma clase que los que ya has recibido, ¿por qué no les das un trato prioritario, en plan «ahora mismo lo hago»? Y tengo una idea.

—Siempre que vienes por aquí con tus bolsas de golosinas es en plan «ahora mismo lo hago», y siempre tienes ideas.

—¿Qué cabe esperar que tenga por todas partes un ladrón de cobre, incluidas las manos? —pregunta Win.

—Mugre, porque probablemente está tocando viejas tuberías sucias y oxidadas, materiales de techado, toda clase de porquería en las obras...

—Olvida la mugre. Estoy hablando de algo que quizá no sea visible —puntualiza Win—. Me refiero a algo microscópico.

—¿Quieres que examine estas condenadas cajitas de cámara con el microscopio?

—No —responde él—. Con Luminol. Quiero que las analices como si buscaras sangre.

Está pidiendo un granizado de café en Starbucks cuando nota que hay alguien a su espalda. Vuelve la vista. Cal Tradd.

Por lo menos tiene la decencia de no iniciar una conversación en un lugar público. Win paga, coge unas servilletas, una pajita, se dirige a la salida y aguarda en su coche, a la espera de una confrontación que ya se veía venir desde hace tiempo. En unos minutos, aparece Cal, que toma sorbos de café de uno de esos recipientes que más parecen tarrinas de helado, lleno a rebosar de nata montada y chocolate con una cereza encima.

—¿Me estás siguiendo? —pregunta Win—. Porque tengo la sensación de que me siguen.

—Se me nota, ¿eh? —Se lame la nata de los labios. Lleva unas bonitas gafas de sol, Maui Jim's, de unos trescientos pavos—. En realidad, iba camino de la comisaría. Probablemente igual que tú. De otra manera, no creo que estuvieras destrozándote los nervios ya alterados con varias dosis de café exprés en un Starbucks de la vieja Watertown. Sea como sea, me he fijado en tu coche.

—¿De veras? ¿Cómo has sabido que era mío?

—Sé dónde vives. En realidad, estuve a punto de alquilar un apartamento allí en mi primer año de universidad. En el segundo piso, en el extremo sur, con vistas a un diminuto pedazo de asfalto en la parte de atrás donde Farouk te deja aparcar la Ducati, la Harley, el Hummer, eso —señala el Buick—, lo que sea que montes o conduzcas.

Win se queda mirándolo, sus gafas de sol frente a las de él.

—Pregúntale a Farouk. Seguro que me recuerda —dice Cal—. Un chavalillo rubio y delgaducho cuya madre sobreprotectora decidió que su frágil y precioso niño no podía vivir en una antigua escuela. No es que la ubicación sea peligrosa, en realidad, pero ya sabes que la gente juzga sobre la base del aspecto, el comportamiento y el estatus socioeconómico de una persona. Y aquí estoy, rico, músico, escritor, un currículo impecable y con pinta de maricón. La víctima perfecta para uno de esos delitos que se cometen por odio a quien es distinto. —Vuelve a meter la lengua en la nata montada—. Te vi aquel aciago día, por cierto. No hay razón para que lo recuerdes, pero salíamos y tú pasaste al trote, te montaste de un salto en el Crown Vic sin distintivo policial y te largaste a toda velocidad. Y mi madre dijo: «Dios santo, ¿quién es ese hombre tan atractivo?» El mundo es un pañuelo, ¿eh?

—Guárdate esa chorrada de los seis grados de separación para algún otro. No pienso hablar contigo —dice Win.

—No te he pedido que hables. Te conviene más escuchar. —Mira el tráfico que pasa por la calle Mt. Auburn, una arteria principal que conecta Watertown con Cambridge.

Win abre la puerta del coche.

Cal sorbe por la pajita y dice:

—Estoy trabajando en una serie de artículos sobre robos de cobre, un problema internacional, inmenso, como tú bien sabes. Hay una tarada, astuta en ciertos aspectos, estúpida en otros, y lo mires como lo mires, loca.

«Raggedy Ann», piensa Win.

—La he visto por ahí en lugares y situaciones que me han hecho poner las antenas, bien altas —continúa Cal—. Hay un tipo que se llama Bimbo, un auténtico malnacido en plan Alí Babá. Lo he entrevistado un par de veces. Pues bien, hace unas tres horas, me presento en su cueva de ladrones para charlar un poco más, y allí está ésa, recibiendo pasta de sus manos. La misma pirada que he visto por Harvard Square, vestida en plan raro, como una muñeca de trapo. La misma pirada que he visto rondando a Monique en más de una ocasión.

—¿Rondándola? ¿En qué sentido? —Win se apoya en el coche y se cruza de brazos.

Cal se encoge de hombros y toma un sorbo del café chocolateado.

—En sitios donde ha dado charlas, ruedas de prensa, a la salida de la facultad de Derecho, en el palacio de justicia. He visto a esa tarada al menos media docena de veces estas últimas semanas, siempre vestida con leotardos y zapatones. No le había dado más vueltas hasta que la he reconocido hoy en la chatarrería. Iba vestida de una manera completamente distinta, con ropa holgada y gorra de béisbol. Vendía cobre de desecho. He pensado que te interesaría saberlo.

—¿Le has preguntado a como se llame por ella?

—¿A Bimbo? Claro. Ha dicho lo que era de esperar. No tenía ni idea. En otras palabras, vende mercancía robada, ¿verdad?

—Y luego, ¿qué?

—La he seguido un rato. Tiene una furgoneta Volkswagen de los tiempos de Woodstock, con cortinas en las ventanas, probablemente duerme en ese maldito trasto. Ni siquiera hemos cruzado el río Mystic cuando me da el pálpito de que alguien me sigue. Otra furgoneta, ésta en plan gremio de la construcción, igual que una de las que he visto antes en el taller de Bimbo. Así que me he largado de Dodge a toda prisa y me he desviado por Charlestown.

—¿Quieres decir que el intrépido reportero ha abandonado la persecución?

—Con esos ladrones de cobre en Chelsea, ¿me tomas el pelo? —dice Cal—. Si te metes con ellos puedes acabar en el maletero de un coche con el gaznate rebanado.

7

Un sargento le franquea el paso a Win al espacio húmedo, estrecho y apenas iluminado donde no hay salvo viejos archivadores metálicos con cuadernos y cajas polvorientos apilados encima. La sala de archivos de la Policía de Watertown es la antigua cámara acorazada de un banco, una planta por debajo de la cárcel.

—Supongo que no hay ningún sistema de referencia para lo que hay aquí —dice Win.

—Lo siento. El archivista está hoy de baja por enfermedad y sus diez ayudantes se han ido de vacaciones. Busque lo que quiera y saque el expediente. Nada de fotocopias ni fotografías. Puede tomar notas. Eso es todo.

El aire se nota denso de polvo y olor a moho. Win ya empieza a acusar que se le obstruyen las cavidades nasales.

—¿Qué tal si busco lo que necesito y me acomoda arriba en alguna parte, tal vez en la división de detectives? —dice Win—. Me conformo con una sala de interrogatorios.

—Vaya, más malas noticias. La ONU está en la ciudad y tiene ocupada la sala de conferencias. Los expedientes tienen que quedarse aquí, lo que significa que, si quiere consultarlos, tiene que quedarse aquí.

—¿No hay más luz que ésa?

Fluorescentes, uno fundido, el otro cada vez con menos ansias de vivir.

—¿No es increíble? Todos nuestros muchachos de mantenimiento están de huelga. —El sargento desaparece con su enorme manojo de llaves.

Win enciende la linterna y barre con el haz de luz las estanterías de registros de gran tamaño, décadas de expedientes que se remontan a los años veinte. Ni pensarlo. Sin fotocopias, no conseguirá revisar esos informes, sería como abrirse paso por la jungla sin ayuda de un machete. En circunstancias habituales, con tiempo de sobra, se las arregla para revisar densas páginas de información, o, en el mejor de los casos, está tan ocupado que hace que uno de los funcionarios las lea en voz alta en un cedé que luego se descarga en el ordenador como fichero de audio. Es asombroso todo lo que escucha mientras conduce, hace ejercicio en el gimnasio o sale a correr. Para cuando llega ante los tribunales, ha memorizado hasta el último detalle pertinente.

Se sube a una escalera de tijera, baja el registro correspondiente a 1962, recurre a un cajón de archivador abierto, deja el registro encima y empieza a pasar páginas, lo que hace que le entren ganas de estornudar, le escuezan los ojos y se sienta fatal. Llega al 4 de abril, y encuentra la entrada manuscrita del asesinato de Janie Brolin. Anota el lugar del crimen —lo que significa su dirección, porque fue asesinada en su apartamento— y ese dato tan sencillo cambia por completo la situación. No puede entenderlo. ¿Nadie se había dado cuenta? ¿El Estrangulador de Boston? Deben de estar de broma. Sigue hurgando en los cajones. Los casos no están ordenados alfabéticamente, sino por un número de acceso que acaba con el año. Su caso es el WT218-62. Escudriña las etiquetas en los cajones de los archivadores, abre el que supone que es el adecuado y se encuentra con expedientes tan apiñados que tiene que apartarlos por secciones para ver lo que hay.

Saca el caso Brolin y luego hojea aprisa docenas de expedientes en el mismo cajón, pues aprendió hace tiempo que no es insólito que la información de un expediente acabe accidentalmente en otro. Tras una hora de escozores y estornudos, con sabor a polvo en la boca, se cruza con un sobre encajado en el fondo del cajón que lleva escribo el número del caso Brolin. En el interior hay un recorte de prensa amarillento sobre un hombre de veintiséis años llamado Lonnie Parris, atropellado por un coche mientras cruzaba la calle cerca del restaurante Chicken Delight en la avenida Massachusetts, en Cambridge. El accidente, en el que el conductor se dio a la fuga, tuvo lugar en la madrugada del 5 de abril, el día después del asesinato de Janie Brolin. Eso es todo. Sólo un viejo recorte de prensa.

¿Por qué demonios iba a tener un accidente de tráfico en el que el conductor se dio a la fuga escrito el número del caso Brolin? No encuentra el expediente de la muerte de Lonnie Parris, probablemente porque es un caso de Cambridge. Frustrado, prueba con su iPhone, pero no puede conectarse a la Red ni hacer una llamada siquiera desde la caverna subterránea donde se encuentra. Abandona la sala de archivos, sube al trote un tramo de escaleras y se ve en la zona del calabozo donde se ficha a los detenidos. Hay cámaras, un alcoholímetro, taquillas para efectos personales y esposas que cuelgan de clavos en las paredes para garantizar que los detenidos se comporten como es debido mientras esperan su turno para que les tomen las huellas y los fotografíen.

Maldita sea, aquí tampoco hay cobertura. Accede detrás del mostrador para probar el teléfono fijo, pero no sabe el código para hacer llamadas al exterior.

—¿Stump? ¿Eres tú? —Una sonora voz lo sobresalta.

Las celdas del calabozo, algún preso. Una mujer, probablemente retenida hasta que llegue el momento de trasladarla a la cárcel en la planta superior del palacio de justicia del condado de Middlesex.

—Ya he tenido suficiente, ¿vale? —Otra vez la voz—. ¿Eres tú?

Win pasa por delante de celdas vacías con las puertas de metal abiertas de par en par y alcanza a notar el leve hedor como de amoniaco de la orina. La cuarta celda está cerrada y señalada con un cartel en el que se lee «Q5+», el código que indica riesgo de suicidio.

—¿Stump?

—Puedo ponerte en contacto con ella —dice Win, que mira por el ventanuco de malla metálica y no puede creer lo que ve.

Raggedy Ann está sentada con las piernas cruzadas en una cama que más parece una losa en el interior de una celda de ladrillo de cenizas poco más grande que un armario.

—¿Qué tal estás? —le pregunta Win—. ¿Te hace falta algo?

—¿Dónde está Stump? ¡Quiero que venga Stump!

En la pared junto a la puerta hay un teléfono para que los presos hagan llamadas a cobro revertido. Tiene línea directa con el exterior, y delante del aparato, en un alféizar, hay una botella de desinfectante para manos.

—¡Tengo hambre! —vocifera ella.

—¿Por qué te han encerrado?

—Jerónimo. Te conozco.

Ahora que oye su acento, recuerda lo que le dijo Farouk acerca de la supuesta «jamba», una blanca que hablaba en plan «negro».

—¿Me conoces? ¿Y cómo es eso? Si dejamos a un lado que de vez en cuando nos topamos —dice, en un tono bastante amable.

—No tengo nada que decirte. Lárgate de mi vista.

—Te puedo traer algo de comer, si quieres —se ofrece Win.

—Hamburguesa con queso, patatas fritas, una Coca *light* —dice ella.

—¿Postre?

—No como nada dulce.

Fresca, Coca-Cola *light*, nada dulce. Más bien raro para una yonqui, piensa. La mayoría de los drogadictos en vías de recuperación nunca tienen suficiente azúcar. Si alguna ventaja tiene mirar por una rejilla metálica es que el orificio cubierto le permite observarla sin ser descarado. Viste las mismas prendas holgadas que en la chatarrería. Las deportivas aún llevan cordones, algo insólito para alguien de quien se sospecha que podría suicidarse. Naturalmente, no hay toalleros en la celda, ni ventanas con barrotes, ni siquiera asideros en el lavabo de acero inoxidable, nada a lo que anudar un cinturón, los cordones de los zapatos o incluso una prenda si quisieras ahorcarte.

Sin su excéntrico atuendo de muñeca de trapo, parece más bien una golfilla que incluso podría resultar atractiva si no fuera por el cabello pelirrojo encrespado en todas direcciones y sus gestos nerviosos. Se tira de los dedos, se humedece los labios, taconea con uno de sus pies. A pesar de lo que le han dicho acerca de ella, no puede por menos de sentir lástima. Sabe que la gente no crece fantaseando con ser una prostituta drogadicta o una indigente que se alimenta con lo que recoge de la basura. La mayoría de las almas en pena que acaban como Raggedy Ann empezaron con una mala herencia genética, o con abusos, o ambas cosas, y los problemas que de ahí se derivan son un infierno en la tierra.

Coge el auricular del teléfono rojo de la pared, lo limpia con el desinfectante y hace una llamada a cobro revertido.

La operadora le dice a Stump que Win Garano está al aparato, y si acepta la llamada.

—¿Me llamas a cobro revertido? —le pregunta—. ¿Dónde estás?

—En tu cárcel. —La voz de Win—. No quiero decir «dentro» de la cárcel.

Ella se tensa.

—¿Qué ha ocurrido?

—Me he pasado por la sala de archivos. El móvil no tenía cobertura. Buscaba un teléfono fijo y... ¿adivina quién se aloja en tu precioso hotelito?

—¿Qué te ha dicho?

—Tiene que verte. Quiere una hamburguesa con queso. Perdona. —Evidentemente, se dirige a Raggedy Ann—. ¿Cómo la quieres? —Un murmullo—. Al punto, sin mayonesa y con abundantes pepinillos.

—Ahora mismo estoy bastante ocupada. Ya veo que probablemente has olvidado que estoy pluriempleada como empresaria de éxito. —Stump sujeta el auricular entre el hombro y la oreja y coloca una barra de queso suizo en la máquina de cortar.

Es esa hora del día en la que los clientes entran en tropel, y hay una larga cola ante el mostrador de la tienda. Una mujer impaciente espera a que le cobre, y dos más entran en ese momento. Dentro de poco —gracias a Win—, va a perder el control sobre todos y cada uno de los aspectos de su vida. Maldito sea. Va y se le ocurre entrar casualmente en la cárcel. Hay que ver qué mala suerte. Parece que Win no le trae más que mala suerte.

—Cada vez está de peor humor —añade Win.

—Ahora mismo voy —le asegura Stump. A la avasalladora delante del mostrador, le dice—: Estoy con usted en un instante.

—¿Qué vino va bien con el salmón ahumado?

—Un Sancerre seco o un Moscato d'Asti. —Otra vez a Win—. Dile que voy de camino. Sácala de allí y esperadme. Ya te lo explicaré.

—¿Por qué no me das alguna pista?

—Custodia. Tuve un problemilla después de dejarte en tu coche.

Ni se le había pasado por la cabeza, claro, que Win tuviera intención de pasarse por su comisaría para consultar la sala de archivos. Aunque lo hubiera sabido, no habría pensado que pudiera darse un garbeo por la maldita cárcel.

—Un momento, me está diciendo algo. Ah, sí. También patatas fritas, y se me había olvidado la Coca *light*. —La voz de Win.

La sensación que le produce Win. La sensación que le produce, y cada vez es peor. No sabe qué va a hacer. No tenía previsto que fuera así. Debía haber sido relativamente sencillo. Se presentaría en la comisaría, se encargaría del caso de Lamont y se largaría. Hasta el jefe dijo que esa investigación prefabricada no atañía a Stump, y que no se preocupara ni se implicara. Dios Santo. En un primer momento, todo el asunto tenía que ver con Lamont. Win no era sino un personaje secundario y ahora ha cobrado la magnitud de la mismísima naturaleza.

—Reúnete conmigo en el aparcamiento dentro de unos veinte, treinta minutos —le dice Stump.

Está en el coche de Nana, a la espera, cuando un BMW 2002 rojo se detiene a su lado.

—Estoy admirado —dice Win mientras Stump baja la ventanilla—. Mil novecientos setenta y tres, con la pintura y los parachoques originales, por lo visto. ¿Rojo Verona? Siempre he querido uno de éstos. Sólo parecen nuevos los burletes y el fieltro de la ventanilla. Al menos desde aquí. Lo has tenido desde que tenías... ¿cuántos? ¿Cinco, tal vez seis años? —Ve la bolsa de Wendy's en el asiento de atrás, y añade—: ¿Qué pasó para que tu amiguita acabara en la cárcel como medida de custodia?

—En cuanto salió de la chatarrería de Bimbo, se fue a Filene's.

—¿Cómo se desplaza? Había olvidado preguntártelo.

—En un trasto, un Mini Cooper hecho polvo. Fue a parar a Filene's y robó algo de maquillaje y un *walkman* Sony.

—¿Eso la convierte en una persona que corre riesgo de suicidarse?

—La clasificación «Q cinco más» indica al personal de comisaría que hay que tenerla vigilada, pero es inestable, estalla con facilidad. En otras palabras, es de esas que más te vale esquivar.

—¿Alguna vez te han dicho que mentir se te da de pena? —le dice Win—. En Filene's no venden aparatos electrónicos. No es posible que robara un *walkman*. Y no creo que conduzca un Mini Cooper.

—¿Por qué no captas las indirectas? Deja de interrogarme acerca de cosas que no son asunto tuyo.

—Capto las indirectas perfectamente, sobre todo cuando son tan sutiles como un estampido sónico. Voy a lanzarte una indirecta. No pergeñes detalles acerca de lugares en los que no has estado nunca, como grandes almacenes económicos que no tienen probadores íntimos y espaciosos ni un personal reducido y discreto. No es que dé por sentado que te quitas la prótesis cuando te pruebas ropa vaquera; pantalones, por ejemplo. Pero, cuando menos, seguro que tienes unos cuantos comercios selectos que frecuentas, probablemente sitios pequeños, *boutiques*, tal vez, donde te conocen.

—Surgió un problema después de marcharnos de la chatarrería —dice Stump—. Llamó la atención de la persona menos indicada, alguien que la siguió.

—¿Se te ocurre alguien? —pregunta, para ver si tal vez, sólo tal vez, Stump puede estar diciendo la verdad.

—Dijo que una furgoneta, una furgoneta de la construcción. Temía que algún tipo duro de los talleres hubiera sospechado de ella y la estuviera siguiendo. Se asustó, me llamó y yo hice que un coche patrulla la sacara de allí y la detuviera.

—¿De qué se le acusó?

—Dije que tenía una orden de búsqueda, y que ella misma había llamado para entregarse. Dije que estaba acusada de vender cobre robado.

—Dijiste que en realidad no era robado, que era más bien una excusa para introducirse en el taller. Y no puedes detener a nadie sin una copia de la orden de búsqueda...

—Mira. De lo que se trataba era de garantizar su seguridad. Y punto. Hice que la encerraran. Si de verdad la estaban siguiendo, quienquiera que fuese tuvo oportunidad más que de sobra de ver cómo la detenían, la esposaban y la metían en el asiento de atrás de un coche patrulla. Dejaré que se vaya cuando anochezca.

—¿Supone eso que ya no va a volver por las chatarrerías?

—Si no vuelve en algún momento, no hará más que confirmar las sospechas de que pueda andar metida en algo, de que igual trabaja para la poli. Suponiendo que sea cierto lo de que la seguía alguien de los talleres.

Win le dice lo que le contó Cal.

—Estupendo. No me falta más que un maldito periodista que líe más el asunto —responde ella—. Esa gente es implacable. Más le vale andarse con cuidado, no vayan a cargárselo. ¿Qué haces por aquí?

Stump tiene buen aspecto en su BMW rojo, y su rostro resulta atractivo a la luz de última hora de la tarde.

—Vaya, qué poca memoria tenemos —dice Win—. Mi trivial encargo de resolver un homicidio cometido hace cuarenta y cinco años que podría estar vinculado con el Estrangulador de Boston. Aunque sé que eso es imposible.

—Es asombroso que hayas llegado a esa conclusión. Casi diría que es milagroso. ¿Lo has adivinado o qué?

—He echado un vistazo a tus archivos. ¿Estás al tanto de la historia de la mafia en esta pintoresca ciudad tuya?

—Como ya te he dicho, mi pintoresca ciudad era mejor lugar en los buenos tiempos de la mafia. No digas que lo he dicho yo.

—El edificio de apartamentos donde vivía estaba en la calle Galen, a unos dos minutos a pie de la Farmacia Piccolo's, que ya no está allí, claro.

—¿Y?

—En la zona Sur, había un inmenso barrio de la mafia. La mayoría de los apartamentos y casas en torno a la de Janie Brolin estaban ocupados por mafiosos. Por allí se cocía todo lo que te puedas imaginar: loterías, joyería, prostitución, abortos ilegales, todo alrededor de la Farmacia Piccolo's, en la confluencia de las calles Galen y Watertown. ¿Por qué crees que no se cometían crímenes por allí en los viejos tiempos? Y me refiero a ninguno en absoluto.

—¿De dónde demonios sacas todo eso? —Apaga el motor del BMW—. ¿Has visto alguna peli o algo así?

—Son cosas que he ido oyendo a lo largo de los años, algún que otro libro de vez en cuando. Ya sabes, paso mucho tiempo en el coche, los escucho en casetes, en cedé, tengo una memoria pasable. Janie Brolin fue asesinada el cuatro de abril, un miércoles. Los miércoles era día de cobro y aparecía por allí toda clase de gente para que los corredores de apuestas les pagasen. Siempre el mismo día, ojos y oídos por todas partes. Es un dato a tener en cuenta. ¿Por qué fue ella una excepción a la regla, el único asesinato, el único, que se cometió en la zona Sur, sobre todo en día de cobro? Además, hay que tener en cuenta que los federales estaban por allí. Así que piénsalo bien. ¿Los polis, los federales no averiguaron quién mató a la chica? ¿Crees que es posible?

Stump se apea del coche y dice:

—Más vale que no te lo estés inventando.

—Me da la sensación de que los polis andaban involucrados. En plan tapadera. Ya conoces el antiguo dicho: no te metas con un mafioso a menos que tengas otro de tu parte.

—¿Me lo traduces?

—Connivencia, un trabajo de grupo. En absoluto un homicidio sexual, y punto. ¿Recuerdas quién era presidente en mil novecientos sesenta y dos? —le pregunta Win.

—Joder —dice ella—, ahora sí que me estás dando mal rollo.

—Exacto: JFK. Antes de eso fue senador en Massachusetts, nació allí mismo, en Brookline. Ya estás al tanto de las teorías sobre su asesinato. La mafia. ¿Quién sabe? Probablemente nunca se averigüe. Pero a donde quiero llegar es a que un Estrangulador de Boston de mala muerte no se habría atrevido a poner un pie cerca del apartamento de Janie Brolin. Y si era tan estúpido que no sabía en lo que se metía, habría acabado en la bahía de Dorchester, desmembrado y con un hacha enterrada en el pecho.

—Ya has captado mi atención —dice Stump.

Una hora después, los dos están en la sala de archivos, revisando el expediente del caso de Janie Brolin. Ella se sirve de la linterna de Win mientras él toma notas.

—¿Qué pasa? ¿Estáis tan apretados que no podemos ir a tu despacho, o algo así? —dice Win, que otra vez nota escozor en los ojos y la garganta.

—No lo entiendes. Estamos cuatro en un despacho diminuto, sin incluir el ratón de la casa. —Se refiere al administrativo—. Todo el mundo oye lo que dicen los demás. Los polis se van de la lengua. ¿Es necesario que te lo recuerde?

—De acuerdo. El tiempo. —Win va pasando las hojas de anotaciones hacia atrás—. ¿Hay algo sobre el tiempo el cuatro de abril?

—No, no hay nada en ninguno de estos informes. —Stump tiene abierto el expediente de Janie Brolin y está haciendo lo que antes ha hecho Win, con un cajón a modo de mesa porque no hay nada más en lo que apoyarse.

—¿Y qué hay de los artículos de prensa? —pregunta él.

Stump echa un vistazo a alguno que otro, surcados de viejos pliegues muy marcados tras más de cuarenta años doblados.

—Una mención de que, cuando llegó la policía a su apartamento a las ocho de la mañana, llovía —apunta.

—Vamos a repasar lo que sabemos hasta el momento. El novio de Janie, Lonnie Parris, encargado de mantenimiento de Perkins, la recogía para ir a trabajar todas las mañanas a las siete y media. Esa mañana en concreto, se presenta y ella no sale a la puerta, que no está cerrada con llave. El tipo entra, se la encuentra muerta y llama a la policía. Cuando llega la poli, Lonnie ha desaparecido. Ha huido del escenario, lo que lo convierte de inmediato en sospechoso.

—¿Por qué iba a llamar a la policía si fue él quien la mató? —se pregunta Stump.

—Remitámonos a los hechos según aparecen en estos informes. Otra pregunta. —Ojea las fotografías—. Se supone que llueve para cuando llegan los polis. Están por todo el escenario, o deberían estarlo. ¿Has visto algo fuera de lo normal a ese respecto?

Stump mira las fotografías y no tarda mucho en darse cuenta.

—La alfombra, de un color crema en el que se vería la mugre. Si está lloviendo y hay gente venga entrar y salir, ¿cómo es que la alfombra está limpia?

—Exacto —coincide Win—. ¿Igual no había tantos polis como se nos quiere hacer creer? ¿Igual alguien limpió el lugar justo lo suficiente para librarse de pruebas incriminatorias? Vamos a seguir mirando.

—¿La autopsia se realizó en la funeraria? Eso también está fuera de lo normal, ¿no? —dice Stump.

—En aquel entonces, no. —Pasa una página de su libreta de notas.

—Causa de la muerte: asfixia por estrangulación con una ligadura, que era el sujetador atado en torno a su cuello. —Sigue leyendo—. Petequias conjuntivales. Hemorragia en la zona anterior de la laringe y el tejido blando de la espina cervical.

—Coherente con la estrangulación —señala Win—. ¿Hay otras lesiones? Magulladuras, cortes, mordiscos, uñas rotas, huesos rotos, lo que sea.

Stump escudriña el informe, estudia los diagramas y dice:

—Parece ser que tenía magulladuras en torno a las muñecas...

—Te refieres a marcas de ligaduras. De tener las muñecas atadas a las patas de la silla.

—No sólo ésas —dice Stump—. Aquí también dice que hay marcas en torno a las muñecas «coherentes con magulladuras producidas por dedos»...

—Lo que indica que la cogió por las muñecas o se las asió con firmeza. —Win continúa tomando notas—. Forcejeó con él.

—¿No cabe la posibilidad de que fueran post mórtem? ¿Que se produjeran cuando arrastró el cadáver y lo movió para ubicarlo?

—Alguien la cogió por las muñecas mientras aún tenía presión sanguínea —insiste Win—. A los muertos no les salen magulladuras.

—La misma clase de magulladuras en la parte superior de los brazos —observa Stump—. Y también en las caderas, las nalgas y los tobillos. Es como si allí donde la tocó, le hubiera salido una moradura.

—Adelante. ¿Qué más?

—Tienes razón con respecto a lo de las uñas rotas —dice ella.

—A la defensiva. Es posible que le arañase —sugiere Win—. Espero que le hicieran frotis bajo las uñas. Aunque no hacían pruebas de ADN en aquel entonces. Pero es posible que comprobaran los grupos sanguíneos.

—Los informes están ahí. Se hicieron frotis en diversos orificios. Negativo en cuanto a fluido seminal. Nada debajo de las uñas —le dice Stump—. Igual no lo comprobaron. Las investigaciones forenses eran distintas en aquel entonces, por no decir otra cosa.

—¿Qué hay del informe toxicológico? —pregunta Win, que escribe con su singular caligrafía. Abreviaturas y ortografía que sólo él puede descifrar—. ¿Se hace alguna mención a alcohol y drogas?

Hojea el expediente unos minutos y encuentra el informe del laboratorio químico de la avenida Commonwealth en Boston.

—Negativo en lo que se refiere a drogas y alcohol, aunque esto es interesante. —Levanta un informe de la policía—. El relato apunta a que se tenía la sospecha de que Janie se drogaba.

—¿No había droga en el apartamento? —Win frunce el ceño. No tiene sentido—. ¿Qué dice sobre alcohol en el apartamento?

—Lo estoy comprobando.

—¿Hay algo en el informe de la autopsia que pueda indicar que tenía antecedentes de abuso del alcohol o las drogas?

—No encuentro nada al respecto.

—Entonces, ¿por qué iba a sugerir alguien que tenía tales antecedentes? ¿Qué hay de la basura? ¿Encontraron algo en la basura? ¿Y en el botiquín? ¿Qué recogieron en el escenario del crimen?

—Allá vamos —dice Stump—. Una jeringuilla usada con la aguja doblada en una papelera. En el cuarto de baño. Y en el botiquín, un frasquito con una sustancia desconocida.

—Sin duda debieron de enviar el frasco al laboratorio. También la jeringuilla. ¿No se mencionan en el informe?

—Pruebas, pruebas... —Habla consigo misma mientras revisa los informes—. Sí, la jeringuilla y el frasco se enviaron, pero dieron negativo en cuanto a droga. Dice que el frasquito contenía, y cito: «una solución oleaginosa con partículas desconocidas».

—Adelante —la insta Win, que escribe tan rápido como puede—. ¿Qué más se recuperó en el escenario?

—Su ropa —lee Stump—. Falda, blusa, medias, zapatos... Los puedes ver en las fotos. El bolso, el monedero. Un llavero con una medalla de san Cristóbal, menos mal que la protegió..., y dos llaves: una, la de su apartamento, y la otra, una llave de su despacho en Perkins, según dice aquí. Todo eso estaba junto a la puerta, en el suelo. Había caído de su bolso.

—Déjame que eche otro vistazo —Win le coge todas las fotografías y dedica un rato a analizar cada una.

El escenario, el depósito de cadáveres. Nada que no haya visto antes, salvo que el escenario tiene cada vez menos sentido. La cama de Janie estaba hecha, y por lo visto estaba vestida para ir al trabajo cuando fue atacada. Se encontró un frasquito, una jeringuilla usada, una sustancia desconocida. Análisis de droga y alcohol negativo.

—Dermatitis en el torso —lee Stump—. ¿Tal vez una enfermedad de transmisión sexual? El examen fue llevado a cabo por un tal doctor William Hunter, del departamento de Medicina Legal de Harvard.

—Donde solían encargarse de las investigaciones médico-legales para la policía del estado —dice Win—. Allá a finales de los años treinta, principios de los cuarenta. Puesto en marcha por Frances Glessner Lee, una mujer asombrosa en el mundo de la medicina forense, sumamente adelantada a su época. Por desgracia, el departamento que fundó ya no existe.

—¿Crees que aún puede quedar alguna de las pruebas? —pregunta Stump—. ¿Tal vez en las oficinas del médico forense en Boston?

—No estaba en activo por entonces —responde Win—. No hasta principios de los ochenta. Los patólogos de Harvard se encargaban de ciertos casos a modo de servicio público. Cualquier informe que pueda haber estará en la Biblioteca Médica Countway de Harvard. Pero no almacenan pruebas, y hurgar por allí nos llevaría años.

Mira las fotografías tomadas en el dormitorio de Janie Brolin. Cajones registrados, la ropa dispersa por el suelo. Frascos de perfume, un cepillo encima de la cómoda y algo más: unas gafas de sol.

Extrañado, dice:

—¿Cómo es que la gente ciega o con problemas de vista lleva gafas de sol?

—Supongo que para advertir a los demás de que están ciegos —responde Stump—. Y por timidez, para taparse los ojos.

—Claro. No tiene que ver con el tiempo, con que hiciera sol —señala Win—. No digo que los ojos de un ciego no sean sensibles a la luz, pero no es ésa la razón de que los ciegos lleven gafas, incluso de puertas adentro. Mira. —Le enseña a Stump la fotografía—. Si estaba vestida para ir a trabajar, esperando a que pasaran a recogerla, y estaba lista para salir, ¿cómo es que las gafas de sol se encontraban en el dormitorio? ¿Por qué no las llevaba puestas? ¿Cómo es que no las tenía consigo?

—Estaba lloviendo, era un día oscuro, encapotado...

—Pero los ciegos no llevan gafas de sol por el tiempo. Lo acabas de decir —le recuerda.

—Igual las olvidó por alguna razón. Tal vez estaba en el dormitorio cuando apareció alguien y la interrumpió. Podría ser por múltiples razones.

—Tal vez —dice—. Tal vez no.

—¿En qué piensas?

—En que deberíamos ir a comer algo —responde Win.

8

Las nueve de la noche, en la delegación del FBI en Boston, la agente especial McClure se sirve del rastreador informático de la Sección Especial Cibernética para captar comunicaciones de interés en Internet.

Específicamente, datos que encajan con el perfil de los correos electrónicos enviados desde la dirección IP de Monique Lamont y recibidos en otra dirección, también en Cambridge. Ha estado ocupada de un tiempo a esta parte, y McClure tiene que navegar por todos sus mensajes, aunque no estén ni remotamente relacionados con el terrorismo y la sospecha de que Lamont lo está financiando a través de un fondo de ayuda a niños rumanos que bien podría estar relacionado con una organización no lucrativa llamada FDI. El FBI está cada vez más convencido de que se está desarrollando una célula terrorista en Cambridge, y Lamont la apoya desde el punto de vista financiero.

A McClure no le sorprendería en absoluto. Todos esos estudiantes radicales —Harvard, Tufts, MIT— convencidos de que la Constitución les permite decir y hacer prácticamente lo que les venga en gana, sobre todo si va en contra de los intereses de Estados Unidos. Por ejemplo, manifestarse en contra de la guerra de Irak, hacer campaña a favor de la separación entre la Iglesia y el Estado, faltar el respeto a la bandera, y, lo que más ofensivo le resulta al FBI a título personal, lanzar violentos ataques contra la Ley Patriótica, que autoriza con toda la razón justamente lo que está haciendo McClure en esos momentos: espiar a una ciudadana particular sin una orden judicial con el objetivo de proteger a otros ciudadanos particulares de ataques terroristas o del peligro de que lleguen a producirse. Como es comprensible, hay pasos en falso. Cuentas bancarias, informes médicos, correos electrónicos, conversaciones telefónicas que resultan ser desafortunadas violaciones de la intimidad de personas que no están en absoluto relacionadas con ninguna actividad terrorista.

En opinión de McClure, sin embargo, prácticamente todas las personas a quienes se espía son culpables de algo. Como aquel vendedor de John Deere en Iowa hace unos meses, que de repente reunió el suficiente dinero en metálico para abonar los cincuenta mil dólares que debía a diversas empresas de tarjetas de crédito. Cuando saltó automáticamente la señal de alarma de su cuenta, investigaciones posteriores reflejaron que tenía un primo segundo con un compañero de habitación de la universidad cuyo sobrino se casó con una mujer que tenía una hija adoptiva cuya hermana fue, durante una temporada, amante lesbiana de una mujer cuya mejor amiga era secretaria en la embajada de la República Islámica de Irán en Ottawa.

Tal vez el vendedor de John Deere no estuviera implicado en actividades terroristas, pero resultó que compraba marihuana, supuestamente por motivos médicos relacionados con supuestas náuseas provocadas por tratamientos de quimioterapia.

McClure lee un correo electrónico enviado a Lamont en tiempo real.

No pienso retractarme de esto sin más ni más. ¿Cómo puedes retractarte tú, después de todo lo que has invertido en la única pasión pura y auténtica que has tenido en tu vida? El problema es que lo quieres hasta que ya no te conviene, como si fuera sólo cosa tuya y pudieras dejarlo de lado tranquilamente, pero, ¿sabes qué? Esta vez te has metido en algo que no puedes controlar. Soy capaz de provocar una destrucción más allá de todo lo que puedas imaginar. Es hora de demostrarte exactamente a qué me refiero. En el sitio habitual, mañana a las diez de la noche.

YO

Lamont contesta.

De acuerdo.

La agente especial McClure reenvía el correo a Jeremy Killien en Scotland Yard, y añade:

El proyecto FDI está alcanzando el punto de masa crítica.

«Al carajo», McClure se lo piensa mejor. ¿A quién demonios le importa qué hora es allí? A los muchachos de Scotland Yard se les puede sacar de la cama igual que a los agentes del FBI. ¿Por qué habría de tratar a Killien con más respeto? De hecho, será un placer incordiar al subjefe de policía Sherlock. Malditos británicos. ¿Qué han hecho salvo centrarse en Lamont debido a su último numerito publicitario, lo que les ha llevado a averiguar que está siendo investigada, obligando a su vez al FBI a redoblar sus esfuerzos para que Scotland Yard no se lleve el mérito? No fueron los británicos los que la señalaron como amenaza terrorista en potencia, después de todo, y ahora se creen que pueden irrumpir en la investigación y robarles el éxito.

McClure hace la llamada.

Un par de tonos de sonoridad británica y la soñolienta voz británica de Killien.

—Lea el correo electrónico —le dice McClure.

—Un momento. —El tono de Killien no es precisamente agradable.

McClure oye cómo Killien se lleva el teléfono portátil a otra habitación. Oye teclear y una voz que masculla:

—Joder, qué lento. —Y luego—: Ya casi lo tengo. Vaya, eso no ha ido muy bien, ¿eh? Ya estamos. Dios santo. No me gusta nada cómo suena esto.

—Creo que tenemos que abordarlo de inmediato —le advierte McClure—. No creo que pueda esperar. La cuestión es si quieren estar presentes. Teniendo en cuenta que hay tan poco tiempo, es comprensible que no...

—No tenemos opción —le interrumpe Killien—. Voy a hacer los preparativos ahora mismo.

Win se disculpa por servir tomates que no son de agricultura orgánica.

—Como si no lo supiera. Resulta que soy una experta en productos agrícolas —dice Stump, sentada a cierta distancia en la sala de estar de Win—. De hecho, probablemente te parecerá una confesión horrible, pero mi auténtico trabajo es mi mercado. Mi padre lo levantó a partir de cero, y le partiría el corazón si lo dejase en la estacada. Pero por lo que respecta a tomates, un consejo de alguien que sabe de esto. Los mejores son de la granja Verrill, pero aún tendremos que esperar un par de meses, dependiendo de cuánto llueva. Me encanta ser poli, pero el mercado me produce mucha más satisfacción.

La iluminación es tenue, el apartamento está lleno del aroma incitante del beicon ahumado con nuez. Sean o no frescos los tomates, el sándwich de beicon, lechuga y tomate que ha preparado Win está a la altura de cualquier otra delicia que haya probado, y el *chablis* francés que ha abierto tiene un sabor vigorizante, limpio y perfecto. Stump contempla una típica vista de Cambridge: viejos edificios de ladrillo, tejados de pizarra y ventanas iluminadas. Cuando Win le propuso que fueran a comer algo, ella dio por supuesto que se refería a una cena a altas horas, y le produjo emoción y desconcierto cuando sugirió que fueran a su casa. Debería haber dicho que no. Lo observa comerse el sándwich y tomar el vino a sorbos. Cuando ha encendido una vela en la mesita de centro y ha apagado las luces, a ella no le ha cabido duda de que había cometido un error táctico.

Deja su plato y dice:

—Creo que debería irme.

—Qué falta de cortesía comer y marcharse.

—Me puedes llamar mañana si necesitas más ayuda, pero... —Empieza a levantarse pero es como si estuviera hecha de piedra.

—Te doy miedo, ¿verdad? —dice a la luz suave y cambiante—. Te daba miedo mucho antes de que me involucraran en este caso y te arrastrara conmigo hasta el fondo.

—No te conozco. Y tiendo a recelar de los desconocidos, sobre todo si intento encajar las piezas y no casan.

—¿Qué piezas?

—¿Por dónde empiezo?

—Por donde quieras. Luego entraré yo en lo de todas tus piezas que no encajan. —La luz de la vela chispea en sus ojos.

—Creo que me conviene otra copa de vino —se zafa Stump.

—Estaba a punto de ponértela. —Vuelve a llenar las copas y el sofá de cuero emite un leve crujido cuando se le acerca.

Ella lo huele, nota cómo su brazo le roza apenas la manga, nota su presencia igual que la fuerza de la gravedad, atrayéndola.

—Hummm, bueno. —Toma un sorbo de vino—. Para empezar, ¿por qué te llaman Jerónimo?

—No sé quiénes son «esos» que me llaman Jerónimo, pero ¿por qué no intentas adivinarlo? Seguro que es divertido.

—Un poderoso guerrero, siempre en pie de guerra, quizás una persona con capacidad para correr riesgos que podrían resultar fatales. ¿Recuerdas cuando éramos niños, cómo saltábamos del trampolín más alto y gritábamos «Jerónimo»?

—No tenía acceso a una piscina cuando era niño.

—Ah, no. No vas a soltarme una historia lacrimógena de discriminación, ¿verdad? Casualmente, sé que, cuando eras niño, la gente de color podía estudiar en colegios públicos.

—No he dicho que fuera un asunto de discriminación. Sencillamente no tenía acceso a una piscina. «Esos» de los que hablas se reducen a mi abuela. Fue ella quien me puso el apodo de Jerónimo, no por su estatus de guerrero ni por los saltos fatales, sino por su elocuencia. «No puedo creer que seamos inútiles o Dios no nos habría creado», dijo. «Y el sol, la oscuridad, los vientos, todos ellos escuchan lo que tenemos que decir.»

Stump nota que algo le oprime el pecho.

—No veo la vinculación —dice.

—¿Entre esas palabras y la persona sentada a tu lado? Es posible que te lo aclare, pero te toca a ti. ¿Por qué «Stump»? Sin irte por las ramas. No se me ocurre ninguna buena razón para que te llamaran Stump.

—El destructor *Stump* de la marina estadounidense en la Segunda Guerra Mundial —responde ella.

—Ya me parecía a mí.

—En serio. Mi padre vino a Estados Unidos para huir de Mussolini, de todos los horrores que te vienen a la cabeza cuando piensas en ese monstruoso periodo de la historia, un periodo que desde luego espero que nunca se repita, o creeré que toda nuestra civilización está condenada.

—Yo me temo que ya estamos condenados. Me lo temo más cada día que pasa. Probablemente me iría si hubiese algún buen lugar adonde ir.

—Imagina cómo se sienten los veteranos. Mi padre ve las noticias tres, cuatro horas al día, y dice que no pierde la esperanza de que, si sigue viéndolas, las cosas acaben por mejorar. Está deprimido. Va al psiquiatra. Lo pago de mi bolsillo porque... Bueno, no me hagas hablar sobre la cobertura de la atención médica y todo eso. Cuando era niña, empezó a llamarme Stump por el héroe de guerra en honor al que bautizaron el barco, el almirante Felix Stump, renombrado por su valentía y su intrepidez. La nave bautizada en su honor tenía el siguiente lema: «La tenacidad: los cimientos de la victoria.» Mi padre siempre decía que el secreto del éxito consiste simplemente en no darse por vencido. Un consejo bastante guay para una niña.

—Cuando tuviste el accidente de moto, ¿no se te ocurrió cambiar de apodo?

—¿Y cómo se hace eso? —Le mira, y por razones que ella misma no alcanza a comprender, lo que acaba de decir le duele—. La gente lleva toda la vida llamándote Stump y de repente vas y les dices: «Eh, ahora que me han amputado media pierna, no volváis a llamarme Stump.» Sería como que dejaran de llamarte Jerónimo porque se te fue la pinza y saltaste de un balcón o algo por el estilo y te quedaste paralítico.

—No me estás dando a entender que tal vez estabas pensando en el suicidio cuando tu moto chocó contra un quitamiedos, ¿verdad?

Al tiempo que coge la copa de vino, ella dice:

—Supongo que Lamont no mencionó mi accidente, ¿verdad? Ya que, en realidad, nunca me ha mencionado a mí, según tú.

—Nunca te ha mencionado, según ella. Nunca salvo la otra mañana, cuando me dijo que iba a trabajar contigo, cosa que, por cierto, no era cierta en aquel momento, ya que no tenías la menor intención de ayudar.

—Hay una buena razón para que no hable de mí —asegura Stump—. Y hay una buena razón para que, con toda probabilidad, siempre lamente que no muriera en aquel accidente de moto.

Win guarda silencio un momento, mira por la ventana y bebe vino. Ella percibe su alejamiento, como si el aire entre los dos acabara de enfriarse, y la ansiedad y la culpa vuelven a sobrevenirle con fuerza. Lo que está haciendo está mal. Lo que ha hecho está mal. Se levanta del sofá.

—Gracias —dice—, más vale que me vaya.

Él no se mueve. Se queda mirando por la ventana. La luz de la vela que se proyecta sobre el perfil de Win le produce una intensa desazón.

—Si necesitas que vuelva a echarte una mano con informes u otros documentos, por mí encantada. Cuando quieras —se ofrece.

Él vuelve la cabeza y levanta la mirada.

—¿Qué?

—Digo que no me supone ningún problema. No tiene mayor importancia. —Sus pies no quieren moverse—. Olvidas con quién estás hablando. —¿Por qué no se calla?—. Sé cuándo alguien tiene dificultades para leer. Otra de esas piezas que no encajan. Otro de los muchos aspectos en los que engañas a la gente. —De pronto se nota al borde de las lágrimas—. No sé por qué te sientes obligado a mentir al respecto. A mentirme a mí. Lo sé desde que te conozco. Todas las veces que has entrado en mi tienda y has planteado preguntas ingeniosas para disimular el hecho de que no puedes leer los ingredientes en un maldito tarro de salsa marinara...

Win se levanta y se le acerca con una actitud casi amenazadora.

—Tienes que superarlo, eso es todo —le dice ella, y se le pasa por la cabeza la posibilidad de que Win podría hacerle daño.

Igual está incitándole a que lo haga, porque Stump se lo merece, después de lo que ha hecho.

—Entonces, cojeamos los dos —dice él.

—Qué palabra tan horrible. No vuelvas a utilizarla en mi presencia. No vuelvas a utilizarla en tu presencia —le advierte.

Win la coge por los hombros, a escasos centímetros de su cara, como si estuviera a punto de besarla, y el corazón le late con tanta fuerza que lo nota palpitar en el cuello.

—¿Qué ocurrió entre tú y Lamont? —pregunta él—. Tú me hiciste esa misma pregunta. Ahora te lo pregunto yo.

—No es lo que crees.

—¿Cómo demonios sabes tú lo que creo?

—Sé exactamente lo que crees, exactamente lo que creería alguien como tú. Los tipos como tú sólo pensáis en el sexo. Así que, si ocurre algo de lo que alguien no puede hablar, tiene que estar relacionado con el sexo. Bueno, pues lo que me hizo Lamont tiene que ver con el sexo, desde luego.

Stump le hace tomar asiento a su lado en el sofá y le obliga a llevar la mano hasta la parte inferior de su pierna, que al golpear la prótesis provoca un sonido hueco.

—No hagas eso —le advierte Win, casi encima de ella; la luz de la vela hace oscilar suavemente la oscuridad—. No lo hagas —le dice, y se incorpora.

—La noche que estuvimos en Sacco's. Se bebió al menos una botella de vino ella sola, empezó a hablar de su padre, un aristócrata, rico, un abogado de renombre internacional, y de cómo ella no tenía la menor importancia para él y cuánto se temía que eso la había afectado profundamente, le hacía incurrir en comportamientos que no llegaba a explicarse y de los que luego se arrepentía. Bueno, había un tipo, y él la había estado mirando fijamente, venga flirtear con ella toda la noche. Acabó llevándoselo a mi casa, y se lo montaron en mi propio dormitorio. A mí me tocó dormir en el sofá.

Silencio. Win empieza a frotarse la nuca.

—Era un perdedor, un pringado estúpido, bruto e ig-
norante, y, fíjate por dónde, un criminal condenado al
que ella envió a la cárcel pocos años atrás. Como es na-
tural, ella no lo recordaba. Con toda la gente que pasa
por su sala, tantos malditos casos de los que no recuerda
las caras, los nombres... Pero él sí la recordaba, razón
por la que había empezado a tirarle los tejos en el bar, ya
para empezar.

—Cometió una estupidez —dice Win en voz que-
da—. Y tú fuiste testigo de ella. ¿Tanta importancia tiene eso?

—Era para vengarse, para joderla a base de bien, como dijo el tipo aquel, para joderla mucho más de lo que
ella lo había jodido, eso gritaba aquella mañana cuando
salió por la puerta de mi casa. Entonces, ¿qué hace Lamont? Recupera su caso, hurga un poquillo y averigua
que se ha saltado la libertad condicional. Vuelven a en-
chironarlo para seis meses, un año, no lo recuerdo. Un
día, él y un par de sus amigos paletos me ven echando
gasolina en la Harley en una estación Mobil en la Ruta
Dos, me siguen y él empieza a vociferar por la ventanilla, venga gritar, asegurándose de que le viera la cara
justo antes de hacer que me empotrase contra el quitamiedos.

Win la atrae hacia sí y apoya la barbilla sobre su co-
ronilla.

—¿Lo sabe ella? —le pregunta.

—Ah, claro. Pero ya no podemos hacer nada al respecto, ¿verdad? O saldría a la luz ante los tribunales cómo conocí al tipo ese. Cómo pensé que era más seguro
dejar que los dos se acostaran en mi dormitorio en vez
de dejarla desaparecer con un gilipollas al que acababa de
conocer en un bar. Cómo, al tratarla igual que a una

amiga, en otras palabras, acabé perdiendo una pierna.

Win se la toca, la sigue con la yema del dedo, por encima de la rodilla, apoya la mano en su muslo y dice:

—No tiene nada que ver con el sexo, no tal como lo dabas a entender tú. Esa parte de ti no podría destruirla Lamont por mucho que lo intentara.

El patólogo que llevó a cabo la autopsia de Janie Brolin vive en una angosta ensenada del río Sudbury, en una casita extraña ubicada en una curiosa propiedad tan plagada de malas hierbas como la de Nana.

Al patio en la parte de atrás le faltan ladrillos, y está cubierto casi por completo de hiedra. Hay una vieja canoa de madera varada en un jardín salpicado de narcisos de tono amarillo intenso, violetas y pensamientos. Win, que no había anunciado su llegada, llama al timbre, y ya comienza el día con el pie izquierdo debido a las buenas noticias del laboratorio. Tracy ha encontrado huellas.

Su idea de probar con Luminol ha dado resultado en un sentido: ha aflorado una huella latente en el envoltorio de la cámara desechable que encontró en la mansión victoriana, lo que significa que quien tocó el cartón tenía residuos de cobre al menos en uno de sus dedos. Tanto el cobre como la sangre se tornan fluorescentes al ser rociados con Luminol, un problema bastante habitual en el escenario del crimen que, en este caso, le ha resultado útil a Win. Por desgracia, la huella con residuos de cobre no casa con ninguna de las almacenadas en la base de datos dactiloscópica AFIS. Por lo que respecta a otras huellas, las de la botella de vino remiten a Stump y a Win, y en lo tocante a Farouk, dejó varias parciales en el sobre que tocó. La lata de Fresca y la nota de Raggedy Ann tienen huellas que concuerdan entre sí, pero tampoco casan con ninguna de las que hay en el AFIS.

Stump mintió.

«No es momento de pensar en ello», se dice mientras llama otra vez al timbre del doctor Hunter.

«¿Cómo pudo mentirme?» En sus brazos, en su cama, a su lado hasta las cuatro de la madrugada. Win le hizo el amor a una mentira.

—¿Quién es?

Win se identifica como agente de la policía del estado.

—Acérquese a la ventana y demuéstrelo —dice una sonora voz a través de la puerta.

Win se desplaza hacia un costado del porche y acerca sus credenciales al cristal. Un anciano con una mini scooter de tres ruedas escudriña las credenciales y luego a Win. Parece satisfecho, regresa a la puerta y le deja pasar.

—Aunque esta zona es bastante segura, he visto más de la cuenta. No confiaría ni en una niña exploradora —asegura el doctor Hunter, que se dirige en su vehículo hacia un carcomido salón de madera de castaño con vistas al agua. Encima de una mesa hay un ordenador con *router*, montones de libros y documentos.

Se detiene delante de la chimenea y Win se sienta frente a ésta, mirando las fotografías en torno, muchas de ellas versiones más jóvenes del doctor Hunter con una atractiva mujer que Win imagina es su esposa. Numerosos momentos felices con la familia, los amigos, un artículo de periódico enmarcado con una fotografía en blanco y negro del doctor Hunter en un escenario del crimen y agentes de policía por todas partes.

—Tengo la sensación de que ya sé por qué ha venido —dice el doctor Hunter—. Ese antiguo caso de asesinato que de pronto está en las noticias, el de Janie Brolin.

He de confesar que no daba crédito cuando lo oí. ¿Por qué ahora? Aunque, naturalmente, nuestra querida fiscal de distrito local es famosa por sus..., digámoslo así, sorpresas.

—¿Alguna vez se le pasó por la cabeza entonces que pudiera haber sido obra del Estrangulador de Boston?

—Vaya tontería. ¿Mujeres violadas y estranguladas con su propia ropa, sus cadáveres exhibidos y todo lo demás? Una cosa es utilizar un pañuelo o las medias y atarlas con un lazo, y otra muy distinta usar el sujetador de la víctima, cosa que, a mi modo de ver, suele pasar cuando el asesino está agrediendo sexualmente a la víctima, le arranca la ropa y el sujetador es la ligadura más práctica y evidente porque está próxima al cuello. Yo añadiría que Janie no era el tipo de persona que deja entrar a cualquiera en su casa por cualquier razón, a menos que tuviera plena seguridad de quién era.

—Porque era ciega —supone Win.

—Yo no ando muy lejos de la ceguera. Degeneración macular —confiesa el doctor—. Pero puedo deducir muchas cosas a partir de la voz de una persona, más que antes. Cuando uno de los sentidos empeora, los demás se agudizan e intentan echarle una mano. Los periodistas eran más prudentes en mil novecientos sesenta y dos, o tal vez su familia no quiso hablar, o la prensa no tenía mayor interés. No lo sé, pero lo que no trascendió a los periódicos, según recuerdo, es que el padre de Janie Brolin era médico en el East End londinense, y no era ajeno al mundo del crimen, sino que se ocupaba de víctimas de delitos a menudo. Su madre trabajaba en una farmacia que había sido atracada un par de veces.

—De manera que Janie no era ninguna ingenua —dice Win.

—Una chica avispada, sabía manejarse en la calle, una de las razones por las que tuvo el coraje para irse un año al extranjero, sola, y venir a Watertown.

—Debido a Perkins. Era ciega y quería trabajar con ciegos.

—Eso se cree.

—¿Llegó a hablar con su familia?

—Con su padre, sólo una vez y muy brevemente. Como bien sabe usted, no todo el mundo quiere hablar con el patólogo. No pueden afrontar el papel que desempeñamos en todo el asunto, mayormente hacen la misma pregunta una y otra vez.

—Si su ser querido sufrió.

—Eso es —asiente el doctor Hunter—. Más o menos lo único que me preguntó su padre. Quería una copia del certificado de defunción, pero no el informe de la autopsia. Ni él ni su mujer se desplazaron hasta aquí. El cadáver fue devuelto a Londres junto con los escasos efectos personales que poseía. Pero no quiso saber los detalles.

—Extraño en el caso de un médico.

—Pero no en el de un padre.

—¿Qué le dijo cuando preguntó?

—Dije que sufrió. No mentí. No se puede mentir.

A Win le viene a la cabeza Stump.

—Le dices a alguien lo que quiere oír, que su ser querido no sufrió, y entonces, ¿qué ocurre si el caso va a juicio y el abogado defensor se entera de que dijiste tal cosa? —le advierte el doctor Hunter—. Si demuestra que mentiste, aunque fuera con la mejor intención, tu credibilidad quedaría en entredicho. Bueno, en cualquier caso, voy a darle lo que tengo. No es gran cosa.

Su silla emite un zumbido quedo de camino hacia el umbral.

—Desenterré todo lo que pude encontrar cuando oí que el asunto volvía a ser noticia. Supuse que alguien indagaría, y supuse bien. —En el pasillo—. Con el desbarajuste que tengo en los armarios, debajo de las camas... —Deja la frase en suspenso—. Unas cuantas cosas de aquellos tiempos, porque entonces sabíamos lo que nos hacíamos.

Aparca la scooter y sigue hablando con un pequeño archivador en el regazo.

—En primer lugar, en Harvard no estaban tan empeñados en tener un departamento de medicina legal, o aún lo tendrían. A algunos de los patólogos nos gustaba la parte relacionada con la investigación, nos encantaba hacer autopsias, ser médicos criminalistas, como nos llamaban algunos, pero nos aferrábamos a nuestros propios informes, a todo aquello que considerásemos importante o quisiéramos utilizar con fines docentes, plenamente conscientes de que cuando saliéramos por la puerta no quedaría nadie a quien le importase un comino nuestro legado. Por cierto. ¿La ha visto en YouTube?

Lamont, lo que lleva a Win a acordarse otra vez de Stump.

—Es increíble lo que hace la gente hoy en día —se maravilla el doctor Hunter—. Me alegro de no tener su edad. Estoy feliz de ir ya cuesta abajo. No hay gran cosa que me ilusione salvo las películas caseras hechas por desconocidos, y bueno... una de mis nietas en Irak. Y se supone que debería estar en una residencia para ancianos con muchos de mis amigos, o al menos con los que quedan. Llevaba en lista de espera cinco años y mi número salió hace poco. No me la puedo costear porque no consigo vender la casa. No hace mucho, la gente se peleaba por ella. —Indica el ordenador sobre su mesa con vistas al río—. Yo lo considero una ciberpandemia. Una vez se abren las esclusas..., bueno, ya sabe.

—Perdone...

—Me refiero a Monique Lamont. La segunda es peor que la primera. Conéctese. —Hace un gesto con la mano para indicar de nuevo el ordenador—. Me llegan alertas de Google de toda clase de asuntos: la fiscal de distrito, el crimen, el ayuntamiento, porque me gusta mantenerme al tanto de lo que ocurre en el condado de Middlesex, ya que, casualmente, vivo aquí.

Win se acerca al ordenador, se conecta a Internet y no le lleva mucho dar con el último vídeo que corre por la Red.

The Commodores cantan: «*Oh, es una mujer de armas tomar...*», mientras Lamont, tocada con un casco, otros funcionarios y obreros de la construcción inspeccionan toneladas de placas de hormigón desprendidas del techo en el interior de un túnel cerca del Aeropuerto Logan de Boston.

Luego una voz en *off* de uno de sus antiguos anuncios electorales: «Llega al fondo del asunto, exige justicia», mientras Lamont se inclina e inspecciona una sección de revestimiento de acero retorcida, lo que hace que la falda ceñida se le levante hasta las nalgas.

El doctor Hunter dice:

—Evidentemente, de aquel desastre durante la construcción de una carretera el verano pasado, la Gran Excavación, cuando se vino abajo aquel túnel y aplastó un coche, matando a una pasajera. Nunca he sido partidario de Monique Lamont, pero ahora empiezo a compadecerme de ella. No está bien hacerle algo así a alguien, pero usted no ha venido por eso. Si yo supiera la respuesta al caso de Janie Brolin, se habría resuelto mientras trabajaba en él. Mi opinión es la misma que entonces: un homicidio doméstico escenificado de manera que pareciera un homicidio sexual.

—¿Escenificado por su novio, Lonnie Parris?

—Los habían oído discutir en otras ocasiones, si la memoria no me falla. Hubo vecinos que aseguraron haberlos visto tirarse los trastos. Así que esa mañana, tal vez viene a recogerla para ir a trabajar, se pelean, él la estrangula y luego lo escenifica para que dé la impresión de que lo hizo un depredador sexual. Huye del escenario y tiene la mala fortuna de tener uno de esos encontronazos de tipo vehicular, por así decirlo.

—Lo único que encontré sobre él era un artículo de prensa, no di con el expediente del caso. Supongo que lo tienen en Cambridge, ya que era uno de sus casos. ¿Hizo usted la autopsia?

—La hice. Traumatismo múltiple. Lo que cabría esperar si a uno le pasa por encima un coche.

—¿Por encima? ¿En contraposición a ser atropellado mientras uno está de pie?

—Bueno, le pasaron por encima, eso desde luego, más de una vez. Algunas de las heridas eran post mórtem, lo que me indicó que llevaba muerto en la carretera un rato, lo suficiente para que un par vehículos más le pasaran por encima antes de que por fin alguien notara una sacudida y decidiera que podía ser una buena idea bajarse a echar un vistazo. Era a altas horas de la madrugada, todavía a oscuras.

—¿Cabe la posibilidad de que ya estuviera muerto antes de que lo atropellaran?

—¿Se refiere a que lo prepararan todo de modo que pareciera un accidente? Es posible. Lo único que puedo decirle es que no lo acuchillaron ni le dispararon. Desde luego sufrió traumatismos masivos, sobre todo en la cabeza, mientras estaba vivo.

—Es que me parece interesante que llamara a la policía desde el apartamento de Janie después de que supuestamente entrara y se la encontrase asesinada —dice Win—. Luego desaparece antes de que se presente la policía. Y antes de que transcurran siquiera veinticuatro horas, está muerto en medio de una carretera. Y no debido a un atropello mientras estaba en pie, sino a que le pasaron por encima porque ya estaba tendido en la calzada.

—Hicimos todo lo que estuvo en nuestra mano. No poseíamos la genialidad de la que hacen gala hoy en día.

—No se puede hablar de genialidad, pero desde luego tenemos dispositivos técnicos que no existían cuando usted investigó estos casos, doctor Hunter. Me preguntaba qué tiene en su poder —añade, y señala el pequeño archivador en su regazo.

—Mayormente los mismos viejos informes que con toda probabilidad ya ha visto, los de Cambridge incluidos. Pero lo mejor..., bueno, habría sido impropio de mí salir por la puerta con ello cuando me jubilé. Específicamente con los especímenes patológicos. Cuando el departamento de Medicina Legal se disolvió en los años ochenta, nuestros especímenes se quedaron allí, y sin duda acabaron por deshacerse de ellos. Ojalá tuviera aún los ojos de Janie Brolin. Eran fascinantes. Más de una vez los mostré en los laboratorios de análisis biológicos. Nadie acertaba a dar respuesta.

—¿Qué ocurría con sus ojos?

—Como cabría esperar, durante su autopsia, iluminé con una luz intensa sus ojos, preguntándome si en un examen general descubriría algo que diera con la razón

de su ceguera. Y descubrí unas extrañas motitas pardus-
cas brillantes sobre las córneas, que sospecho eran se-
cuelas del proceso degenerativo que provocó su ceguera.
O tal vez sufría de algún tipo de degeneración neuroló-
gica sin diagnosticar que pudo derivar en una distribu-
ción alterada de la pigmentación. A día de hoy, no lo sé.
Bueno, no creo que sirva a sus objetivos, de todas maneras. Más bien una curiosidad médica de las que a mí me
gustan.

—¿Le importa? —Win se levanta y se acerca al pequeño archivador.

—Adelante.

Se lo lleva de regreso junto a la chimenea y quita la tapa. La documentación y las fotografías que eran de esperar, y un recipiente de comida hermético de plástico.

—Lleva ahí una temporada, ¿verdad? —dice el doctor Hunter—. Tupperware. Eso y tarros de cristal Ball,
artículos de primera necesidad en el depósito de cadáveres.

La tapa está etiquetada con el número de caso que a
estas alturas tan familiar le resulta: WT218-62. En el interior hay una jeringuilla con la aguja doblada y un frasquito que Win levanta a contraluz.

Contiene residuos oleaginosos y lo que parecen ser
diminutas motas de cobre deslustrado.

9

Tras una breve parada en el laboratorio para dejar la jeringuilla y el frasquito, va a ver cómo está Nana.

—Te he traído el coche —le dice en voz alta—. La puerta sin cerrar. La alarma desconectada. Al menos me tranquiliza en cierta manera que todo siga como siempre, porque lo demás es un caos, Nana.

Todo eso mientras lleva las compras a la cocina, sin darse cuenta de que Nana tiene una visita. La pobre señora Murphy, de Salem. Es toda una ironía que Nana tenga clientes de la que literalmente se denomina «La ciudad de las brujas», donde en el emblema de la policía hay una bruja montada en una escoba. De veras.

—No me había dado cuenta de que tenías compañía.

—Deja las bolsas y empieza a guardar las compras.

Comestibles de una tienda de verdad, donde ha pagado un precio como es debido.

—¿Qué tal está, señora Murphy? —pregunta.

—Bueno, no muy bien.

—Me da la impresión de que ha adelgazado.

—No mucho. —La señora Murphy sigue tan hosca como siempre, con sus ciento cincuenta kilos a cuestas.

Tiene un problema glandular, según dice. No ha mejorado, explica. Hace todo lo que le aconseja Nana, y durante una temporada, no va tan mal. Luego vuelve a aparecer el vampiro psíquico, le chupa la fuerza vital mientras duerme, y se queda tan deprimida y cansada que no puede hacer ejercicio ni ninguna otra actividad que no sea comer.

—Lo sé —responde Win—. Yo trabajo para un vampiro psíquico. Es un infierno.

La señora Murphy se echa a reír y se palmea los inmensos muslos.

—Qué gracioso eres. Siempre me animas —le dice—. Pero ya te advertí que te mantuvieras alejado de ella. ¿Has visto sus películas? O comoquiera que se llamen. Lo mismo que están haciendo los candidatos a la presidencia. YouTwo o algo por el estilo. Bueno, pues me mantengo al corriente de lo que estás haciendo, con ese caso tan importante que de repente es noticia. Yo recuerdo ese caso, ¿tú no? —Le dirige un gesto de cabeza a Nana—. Fue como si alguien le hubiera hecho aquello a Helen Keller cuando era joven, sólo que, naturalmente, nadie mató a Helen Keller,* gracias a Dios.

—Gracias a Dios —coincide Nana.

—Recuerdo haber pensado que era como una película de Alfred Hitchcock. Una idea no muy original, mucha gente lo comentó en su momento. Algo así como *Sola en la oscuridad*, en la que te imaginas a esa pobre chica ciega intentando llamar por teléfono, desesperada por pedir ayuda, y ni siquiera es capaz de ver el teléfono, y mucho menos al asesino. Sin saber en qué dirección echar a

* Helen Keller (1880-1968), escritoria y activista norteamericana sorda y ciega. (*N. del T.*)

correr porque no veía nada. Qué aterrador tiene que ser eso, ¿verdad? Bueno, voy a irme para que puedas pasar un rato con tu chico —le dice la señora Murphy a Nana.

Win ayuda a la señora Murphy a levantarse de la silla.

—Qué caballero está hecho. —Abre el monedero, saca un billete de veinte dólares y lo deja encima de la mesa. Luego señala a Win con el dedo—. Todavía tengo a esa hija mía, ya sabes. Lilly es una chica estupenda, y ahora mismo no está saliendo con nadie.

—En estos momentos estoy muy ocupado. No soy buen partido, sobre todo para alguien tan estupendo como su hija.

—Qué caballero —vuelve a decir, marca un número en el móvil y le dice a la persona que contesta—: Salgo ahora. ¿Qué? Oh, no. Es mejor que te espere en el sendero de entrada. Estoy muy cansada para rodear la manzana, cariño.

Se marcha, y Nana abre la nevera para echar un vistazo a lo que acaba de comprar Win.

—Qué maravilla, cuántas cosas, cariño mío —dice, al tiempo que abre un armario para mirar allí también—. ¿Qué ha pasado con tu amiga?

—Me venía mejor pasar por Whole Foods. El pollo asado viene directo del asador, y la ensalada de arroz silvestre... te hace falta tomar cereales. Tiene frutos secos y pasas. Te he llenado el depósito del coche de gasolina, he comprobado el aceite, creo que ya está todo.

—Siéntate un momento —dice Nana—. ¿Ves esto? —Señala un colgante dorado de grandes dimensiones que lleva al cuello, entre otras diez cadenas con amuletos y símbolos que Win no entiende—. Tengo un mechón de cabello tuyo de cuando eras una criatura en este guardapelo. Y ahora he añadido un mechón de pelo mío.

Energía materna, cariño. Tu abuela protege a su nieto. Hay ángeles que caminan por la tierra. No temas.

—Si te cruzas con alguno, envíamelo. —Le sonríe.

—¿Qué ha ocurrido con tu amiga?

—¿Qué amiga, y qué te hace pensar que ha ocurrido algo?

—La que ha provocado las tinieblas en tu corazón. No es lo que tú crees.

—Nada es nunca lo que creo que es —dice—. Eso es lo que da interés a la vida, ¿verdad? Tengo que irme.

—Inglaterra —dice Nana.

Win se detiene en el umbral.

—Eso es. Janie Brolin era de Inglaterra. —Lo han dicho una y otra vez en las noticias.

Lamont y Scotland Yard, el dúo dinámico. ¿Quién sabe? Igual resulta que acaban salvando lo que queda del mundo.

—No —dice Nana categóricamente—. No se trata de esa pobre muchacha.

Fuera, Win se pone el equipo para montar en moto mientras la señora Murphy lo observa, con su enorme monedero de imitación de cuero colgado del pliegue de un grueso brazo.

—Pareces de una de esas series —le dice—. *Star Trek.* Antes me encantaba el capitán Kirk. Ahora se dedica a hacer anuncios de viajes. ¿Verdad que es irónico? El capitán Kirk haciendo anuncios de viajes, supongo que se aloja en hoteles «donde nunca había llegado el hombre».

—Entre risas—. Por noventa y nueve dólares. Nadie le ve la ironía salvo yo.

Win se pone el casco y dice:

—¿Quiere montar de paquete para que le dé una vuelta?

Ella lanza una carcajada.

—¡Voy a mearme en las bragas! Virgen santísima. Una ballena como yo en esa motito de nada.

—Venga —da una palmada en la parte de atrás del asiento—. Suba. La llevo hasta su coche.

A la señora Murphy se le descuelga la cara y aflora algo tierno y triste a sus ojos, porque Win lo dice en serio.

—Bueno, ahí llega Ernie —dice en el momento en que un Toyota dobla hacia el sendero de entrada.

Lamont está en su despacho cuando Win sale del ascensor.

No hace falta ser ningún detective para deducirlo. Su coche está en la plaza de aparcamiento que tiene reservada, la puerta del despacho está cerrada y Win oye el leve murmullo de voces al otro lado. Probablemente habla con su último secretario de prensa, otro de esos con pinta de muñeco Ken. Win entra en la unidad de investigación, apenas habla con sus colegas, que le lanzan una mirada curiosa, pues se supone que está de permiso, ocupado en resolver un caso de importancia internacional. Lo que necesita ahora mismo es, antes que nada, pisar terreno conocido, su teléfono y su ordenador. Deja los informes del doctor Hunter encima de la mesa y echa un vistazo al reloj de su abuelo, supuestamente robado. Son casi las nueve de la noche en Londres. Se conecta a Internet, da con un número de información general en Scotland Yard y le dice a la señora que contesta que es un detective de homicidios de Massachusetts y que tiene mucha necesidad de hablar con el inspector jefe. Es urgente.

Sus palabras caen a plomo, igual que si hubiera llamado a la Casa Blanca y preguntado por el presidente.

Después de un tremendo follón, lo ponen en contacto con una mujer bastante agradable en la división de investigaciones y averigua que el hombre con quien debe hablar es el subjefe de policía Jeremy Killien. El problema es que está en el extranjero.

—¿Sabe dónde puedo localizarlo?

—Se ha ido a Estados Unidos, eso es todo lo que sé. Si vuelve a llamar mañana en horas de oficina, tal vez pueda ayudarle uno de los ayudantes administrativos del inspector jefe. —Le facilita un número directo.

No puede estar relacionado con el caso Brolin. Es imposible que un subjefe de policía de Scotland Yard se desplace hasta aquí por eso. Win permanece sentado y piensa, saca tres comprimidos Advil de un frasco, tiene un dolor de cabeza terrible y esa sensación como de distanciamiento a cámara lenta que le sobreviene cuando anda falto de sueño, sin hacer el ejercicio necesario ni comer lo suficiente. Empieza a revisar los expedientes del doctor Hunter, que en buena medida contienen la misma información que encontraron Stump y él en la sala de archivos. Bueno, ahora no va a pedirle a Stump que le ayude con nada, así que repasa las notas, otros documentos, frase por frase, página a página, hasta que se encuentra con un nombre que lo deja helado.

J. Edgar Hoover.

Otros hombres, nombres de mafiosos que le resultan vagamente familiares, garabateados en la caligrafía casi ininteligible del doctor Hunter, referencias sin detalles a una conversación que mantuvo el 10 de abril con un periodista de Associated Press. Win se conecta a Internet y pone en marcha una búsqueda tras otra. El periodista se hizo acreedor de varios premios por una serie de reportajes que publicó sobre el crimen organizado. Win empieza a imprimir artículos. Leerlos es un proceso lento, y, tal como imaginaba, el periodista murió hace años, así que ya puede olvidarse de hablar con él.

Casi a las cinco de la tarde, suena su móvil.

Es Tracy, del laboratorio.

—Nada útil de ADN. No hay ninguna concordancia en la base de datos combinada, pero tenías razón —le dice.

Le pidió que tomara muestras de la jeringuilla y el frasquito, y que las sometiera al microscopio de escaneo electrónico y al análisis de rayos X para magnificar las partículas en los restos oleaginosos y determinar asimismo su composición elemental. Suponiendo que las extrañas motas pardas sean inorgánicas, como el cobre.

—Son metal —le confirma ella.

—¿Qué demonios puede contener cobre? ¿Se estaba inyectando partículas de cobre?

—Cobre no —dice Tracy—. Oro.

Lo que empieza a aflorar es el retrato de una violenta tragedia que, como casi todas en las que ha trabajado Win, está arraigada en el azar, el destiempo, un incidente en apariencia insignificante que pone fin a la vida de una persona de una manera pasmosamente brutal.

Aunque nunca lo demostrará, porque no queda nadie que pueda atestiguarlo, parece ser que menos de cuarenta y ocho horas antes de que Janie Brolin fuera asesinada, ella misma dio pie al fatal acontecimiento con el sencillo acto de salir por la puerta de su apartamento para continuar una discusión con su novio, Lonnie Parris. Win se levanta de la mesa y cae en la cuenta de que llevaba cinco horas absorto en el caso. Pasa por delante de un cubículo vacío tras otro, todo el mundo se ha marchado. Al otro extremo de la planta se encuentran las oficinas del fiscal de distrito, y la puerta a la *suite* de Lamont. Ella está dentro. Win percibe su energía, intensa y egoísta. Llama con los nudillos, no espera a que respondan, entra y cierra la puerta a su espalda.

Ella está de pie tras su impoluta mesa de cristal, metiendo documentos en el maletín, levanta la mirada y una expresión de incomodidad asoma brevemente a su cara. Luego recobra su actitud inescrutable de siempre, con un traje azul ahumado y una blusa de tono negro verdoso, esa leve falta de armonía tan propia de Armani.

Win se sienta sin que medie invitación y dice:

—Necesito unos minutos.

—No los tengo. —Cierra el maletín y afianza los cierres con sonoros chasquidos.

—Creo que puede interesarte la información antes de que se la pase a Scotland Yard, a Jeremy Killien. Y por cierto, cuando pidas ayuda a otros organismos para que colaboren en una investigación mía, sería un detalle por tu parte ponerme al corriente.

Ella se sienta y dice:

—Estás perfectamente al tanto de la implicación de Scotland Yard.

—Ahora mismo, sí. Porque lo he oído en las noticias que filtraste.

—Yo no las filtré. Fue el gobernador.

—Vaya. Me pregunto cómo le averiguó. Tal vez alguien se las filtró a él primero.

—No vamos a hablar de eso —dice Lamont, como sólo ella puede decirlo. Nunca un comentario, siempre una orden—. Evidentemente, tienes noticias sobre nuestro caso. Buenas noticias, espero, ¿no?

—Me parece que no hay nada relacionado con este caso que pueda considerarse una buena noticia. Para ti, probablemente no son buenas noticias, y si Jeremy Killien no viniera de camino a Estados Unidos o no estuviera ya aquí, te aconsejaría que lo pusieras al tanto de que probablemente no necesita desperdiciar el tiempo de Scotland Yard en...

—¿Viene de camino? ¿Y cómo te has enterado?

—Me lo dijo una de sus colegas. Viene a Estados Unidos. No sé cuándo y no sé por qué.

—Debe de ser por otra razón. No debido a nuestro caso. —No parece muy segura de ello—. Es inimaginable que venga sin hablarlo conmigo antes.

Enciende una lámpara de vidrio de diseño, con la ventana oscura a su espalda. Las luces en los edificios circundantes están desdibujadas por la niebla. Va a llover, y Lamont detesta la lluvia. La detesta hasta tal punto que una vez dio a entender que podría padecer un trastorno afectivo estacional. Unas Navidades Win llegó incluso a comprarle una caja luminosa que supuestamente imitaba la luz solar y mejoraba el estado de ánimo. No funcionó. No hizo más que fastidiarla. El mal tiempo es mal momento para las malas noticias.

—Es muy probable que Janie Brolin sufriera artritis reumatoide, seguramente desde la niñez —le explica Win—. Tal vez debido a que su padre era médico, parece ser que recurrió a un tratamiento bastante innovador con aurotiomalato sódico. ¿Te suena?

—No —responde con impaciencia, como si tuviera que ir a algún sitio y eso la pusiera nerviosa.

—Sales de oro, utilizadas para el tratamiento de la artritis crónica. Es difícil precisar la dosis. Es posible que fuera entre diez y cincuenta miligramos a la semana. Tal vez fuese menos a intervalos superiores, administradas por inyección. Entre los posibles efectos secundarios están los trastornos sanguíneos, dermatitis y tendencia a que aparezcan magulladuras con facilidad, lo que explicaría el exceso de moretones por todo el cuerpo. Además de la crisiasis corneal...

Lamont se encoge de hombros, uno de sus gestos en plan «no sé adónde quieres llegar». Es la manera que tiene de tratarlo como si ella se aburriera y él fuera estúpido. Se está poniendo tensa por momentos, y levanta la mirada intermitentemente hacia el reloj de cristal veneciano en la pared delante de su mesa.

—El oro se deposita en las córneas, lo que no provoca trastornos visuales..., en otras palabras, no daña la visión. Pero al examinar los ojos con una luz, se ven unas diminutas motas metálicas de tono pardusco, como las que se le detectaron en la autopsia —dice Win.

—¿Y bien?

—Pues que todo parece indicar que no era ciega, sino que padecía de fotosensibilidad, otro posible efecto secundario de la terapia con oro. Y la gente con sensibilidad a la luz suele llevar gafas de sol.

—¿Y qué?

—Pues que no era ciega.

—¿Y qué?

—Pues que sencillamente no quieres oírlo, ¿no?

—¿Oír el embrollo que tienes en la cabeza? No tengo tiempo para desentrañarlo.

—Creo que Janie Brolin fue víctima de la mafia, igual que su novio, Lonnie Parris. Su apartamento estaba en el corazón de la zona mafiosa de Watertown. Ella era del todo consciente de lo que ocurría a su alrededor porque no era ciega, lo que significa que sin lugar a dudas debió de ver quién llamaba a su puerta aquel cuatro de abril, lo que implica que probablemente era alguien en quien confiaba lo bastante como para franquearle el paso. No necesariamente su novio, Lonnie Parris, que no la asesinó, como tampoco la asesinó el maldito Estrangulador de Boston. Creo que, para cuando Lonnie se presentó para llevarla a Perkins, ya estaba muerta. Entró y se la encontró allí.

—Estoy esperando a que me digas sobre qué basas todas esas suposiciones, sea lo que sea. De hecho, estoy esperando a que algo de lo que estás diciendo cobre sentido —responde Lamont.

—Dos días antes, el dos de abril —dice Win—. Un lugarteniente de la mafia que vivía enfrente de Janie se sirvió de sus contactos en el Registro de Vehículos de Motor para obtener una matrícula con el fin de averiguar la dirección de cierto miembro de un jurado que, a diferencia de todos los demás integrantes, se negaba a declarar inocente al acusado. Uno de los muchachos del lugarteniente estaba siendo juzgado por asesinato. Además de negarse a cooperar, este miembro del jurado también hizo un comentario desafortunado e insultó a ese mismo lugarteniente. Compruébalo. Dio mucho que hablar en la prensa.

Lamont. Esa mirada suya, imperturbable como la de un gato.

—El inoportuno comentario dio a entender que ese lugarteniente de la mafia y J. Edgar Hoover se montaron un trío con otro alto funcionario del FBI. Por cierto, no es que no se hubieran insinuado antes cosas por el estilo, pero en este caso, el lugarteniente en cuestión, el vecino de Janie, hizo que dos de sus muchachos se presentaran en la casa del miembro del jurado, lo secuestraran y lo llevaran a casa del mafioso. No se trataba de convencerlo de que cambiara de parecer, sino de vengarse. Así que acaba muerto. Su cadáver va a parar al maletero y nunca se vuelve a saber de él. Eso se averiguó a partir de otros casos posteriores, testimonios de confidentes, etcétera.

—Y eso, ¿con qué tiene que ver?

—Tiene que ver con el hecho de que aquella noche en particular, el dos de abril, según las notas que he encontrado, informes diversos y demás, oyeron discutir a Janie y a su novio en el apartamento de ella. La discusión se trasladó a la calle y culminó cuando su novio se largó con viento fresco en su coche.

—Igual es que soy muy obtusa —comenta Lamont.

—Janie estaba en casa la noche que el miembro del jurado fue asesinado justo enfrente y cargado en un maletero, Monique. Y no era ciega. Y cualquiera que la conociese debía de estar al tanto. Probablemente no averiguaremos nunca lo que ocurrió, pero es más que posible que la mañana del cuatro del abril, uno de los muchachos de la mafia se presentara en su puerta. Probablemente un vecino, alguien a quien conocía. Ella abre la puerta y ya está. Asesinada, todo escenificado para que parezca un homicidio sexual y un allanamiento de morada. Sin saber que forma parte del embrollo, Lonnie aparece, entra, hace el horrible descubrimiento y llama a la policía. Bum. Se presentan unos mafiosos, lo cogen y también acaba muerto.

—¿Por qué?

—Probablemente vio lo mismo que Janie el dos de abril. Era una carga, o un chivo expiatorio. Hicieron que diera la impresión de que la había matado él y se había largado, y luego, accidentalmente, es atropellado por un coche. El problema es que no fue atropellado, sino que el vehículo le pasó por encima. ¿Cómo ocurrió tal cosa? ¿Se desmayó mientras cruzaba la calle en plena madrugada después de que Janie fuera asesinada?

—¿Borracho?

—Los análisis toxicológicos dieron negativo en drogas y alcohol. Buen plan. La muerte de Janie queda explicada. La muerte de Lonnie queda explicada. Fin.

—¿Fin? ¿Ya está?

—Ya está. ¿Tu teoría del Estrangulador de Boston? Por mucho que me rompa el corazón, ya la puedes olvidar. Más vale que llames al gobernador. Más vale que llames a Scotland Yard. Más vale que convoques una rueda de prensa, ya que tu caso internacional ha trascendido a los medios desde aquí hasta la luna. E Inglaterra no tiene nada que ver con esto salvo porque una joven inglesa perdió la vida a manos de unos malnacidos de la mafia que eran vecinos suyos mientras pasaba un año en Estados Unidos. Más le hubiera valido ser ciega.

—¿Y eso no salió a la luz durante la investigación? ¿Que en realidad no estaba ciega? —pregunta Lamont.

—La gente da las cosas por supuestas. Igual nadie lo indagó, ni se preocupó por ello ni creyó que fuera importante. Y luego está el factor encubrimiento. La policía, evidentemente, cooperó con la mafia, ya que, por lo visto, de eso va todo este asunto.

—Si no era ciega, ¿por qué demonios iba a trabajar con ellos? —indaga Lamont.

—Con ciegos, supongo que quieres decir.

—¿Por qué, si no lo era?

—Tenía una dolencia que le provocaba sufrimiento a diario. Le cambió la vida. La limitaba en ciertos aspectos. Le hacía esforzarse más, ser más valiente, también. Los milagros y la capacidad de convertir en oro todo lo que tocaba. Y nada acababa de funcionar. ¿Por qué no iba a preocuparse por el dolor y el sufrimiento ajenos?

—No le salió a cuenta, eso desde luego, maltita sea —replica Lamont—. Sigue siendo una gran historia, todo depende de cómo se cuente. No hay que andarse con reticencias. Es mejor que no venga de un comunicado a los medios ni de una rueda de prensa, en los que nadie confía, o al menos el público no confía, sobre todo en los tiempos que corren. —Sonríe conforme su arrebato de creatividad va cobrando fuerza—. Un periodista universitario.

—No lo dices en serio.

—Del todo. Totalmente en serio —asegura, y se levanta para coger el maletín—. No a través de mí, sino de ti. Quiero que te pongas en contacto con Cal Tradd.

—¿Vas a meter una noticia así en el maldito *Crimson*? ¿Un periódico para estudiantes?

—Él lo investigó, trabajó contigo, con nosotros, y vaya noticia tan estupenda. Se convierte en una historia sobre una noticia, justo lo que vuelve loca a la gente con esta fiebre de que «todo el mundo es periodista, todo el mundo es protagonista de su propia película». Desde luego que sí. Y, naturalmente, los medios en general se harán eco, lo difundirán a los cuatro vientos, y todos contentos.

Win sale tras ella, saca el iPhone que lleva al cinto y recuerda la nota en el billetero. La saca, la despliega y ya está marcando el número de Cal cuando repara en algo justo en el momento en que se cierran las puertas del ascensor que lleva a Lamont hasta la planta baja del palacio de justicia, camino de su coche. Levanta el papel de carta blanco, lo ladea en un sentido y en otro, apenas alcanza a ver las letras marcadas, una levísima sombra tras los números de teléfono que escribió Cal con pulcrísima caligrafía.

Una «C«, y «SA», y lo que parece una «A» seguida de una exclamación. Regresa a toda prisa a su despacho, coge una hoja de papel de impresora, un lápiz, mientras recuerda su conversación con Stump en el laboratorio criminalístico itinerante, su análisis de la nota utilizada en el atraco a un banco más reciente. Una nota exactamente como las otras tres en tres atracos previos. Pulcramente escrita a lápiz en una hoja de papel blanco de diez por quince, el mismo tamaño que la nota que le dio Cal. Win va elaborándola, alineando por medio de trazos de lápiz las letras marcadas con lo que recuerda de la nota del atraco al banco que le enseñó Stump.

VACÍA EL CAJÓN DEL DINERO EN LA BOLSA.

¡AHORA! TENGO UN ARMA.

La imagen en la cámara de vigilancia. El atracador era más o menos de la altura de Cal pero parecía más corpulento. No supone mayor problema, basta con ponerse varias prendas debajo del chándal holgado. La piel más oscura. El pelo moreno. Hay un millón de maneras de conseguirlo, incluido el maquillaje, el truco más antiguo del manual, y desaparece en unos minutos.

Una búsqueda rápida en el Centro de Información Criminal Nacional, el CICN. Cal Tradd. Su fecha de nacimiento y la ausencia de antecedentes, lo que explica por qué no hay huellas ni ADN en los archivos, aunque por lo visto no ha dejado restos de lo uno ni de lo otro, salvo, tal vez, una huella cobriza en un envoltorio de máquina desechable que produjo una reacción en contacto con Luminol igual que si se tratara de una huella de sangre.

Atracos a bancos y robos de cobre en toda la zona, salvo Cambridge, donde Cal va a la universidad, y Boston, de donde es oriundo, según cree Win.

Intenta ponerse en contacto con Lamont y la llamada es transferida al buzón de voz al primer tono. O está hablando por teléfono o lo tiene apagado. Prueba con Stump y ocurre lo mismo. No deja mensaje a ninguna de las dos, sino que sale a la carrera del palacio de justicia, saca el equipo de motorista del pequeño portaequipajes de la moto y arranca a toda prisa. Una tenue llovizna repiquetea contra la visera del casco y deja resbaladiza la calzada mientras Win serpentea por entre el tráfico en dirección a Cambridge.

10

El coche de Lamont está en el sendero de entrada de la destartalada mansión victoriana en la calle Brattle; no hay una sola luz encendida, ni rastro de nadie.

Win palpa el capó del Mercedes, que está caliente, y advierte el tenue piñoneo que suelen emitir los motores de coche justo después de apagarlos. Se dirige hacia un lateral de la casa, a cubierto, a la espera, escuchando. Nada. Transcurren unos minutos. Todas las ventanas están oscuras, nada que ver con la vela que cogió de la habitación donde encontró el colchón, el vino. Está ocurriendo algo distinto, según puede ver al mirar por la ventana que rompió la otra noche. El panel de la alarma está desconectado, no luce el piloto verde. Rodea la casa en busca de cables de electricidad cortados, en busca de cualquier indicio de por qué puede estar interrumpido el suministro. Nada, y regresa hacia la entrada trasera.

La llave no está echada, Win abre la puerta y oye pasos en el entarimado. El chasqueo impaciente de interruptores de la luz. Alguien va de habitación en habitación pulsando interruptores. Win cierra la puerta a su espalda, con fuerza, de manera que quien está dentro, sea quien sea, aunque está convencido de que se trata de Lamont, sepa que acaba de entrar alguien.

Los pasos se dirigen hacia él, y Lamont pregunta en voz alta:

—¿Cal?

Win camina en dirección a su voz.

—¿Cal? —vuelve a preguntar ella—. No hay luz en ninguna parte. ¿Qué ha pasado con la luz? ¿Dónde estás?

Un interruptor chasquea arriba y abajo en la estancia al otro lado de la cocina, que antaño probablemente fue un comedor. Win enciende la linterna y encauza el haz oblicuamente para no cegarla.

—No soy Cal —dice, y dirige la luz hacia una pared de manera que los ilumine a ambos.

Están tal vez a un par de metros el uno del otro en medio de una estancia vacía y cavernosa con entarimado de madera antigua y molduras ornamentadas.

—¡Qué haces aquí! —exclama ella.

Él apaga la linterna. Oscuridad absoluta.

—¡Qué haces! —Parece asustada.

—Chsss —dice él, que se le acerca y la coge por el brazo—. ¿Dónde está?

—¡Suéltame!

La lleva hacia la pared y le dice en un susurro que se quede allí mismo. «No te muevas. No hagas un solo ruido», y luego Win aguarda junto al umbral, a tres metros escasos de ella, aunque es como si fueran kilómetros. Espera a Cal. Largos, tensos minutos, y un sonido. Se abre la puerta trasera. El haz de una linterna entra en la habitación antes que la persona, y luego confusión cuando Win aferra a alguien, se produce un forcejeo, y se oyen pasos procedentes de todas partes. Stump empieza a gritar, y luego nada.

—¿Estás bien?

—¿Win?

—¿Win?

Abre los ojos, las luces se encienden en la casa, y Raggedy Ann está de pie encima de él, esta vez vestida de modo un tanto diferente. Lleva un polo, pantalones anchos con bolsillos, una pistola en la cadera. Stump, Lamont y un tiarrón de traje con el pelo tupido y canoso.

—Es mi maldita casa, tengo derecho a estar aquí —dice Lamont.

Win nota un dolor de mil demonios en la cabeza. Se toca un enorme chichón y se mira la sangre en la mano.

—Viene una ambulancia de camino —dice Stump, que se acuclilla a su lado.

Él se incorpora y lo ve todo negro un instante.

—¿Me has golpeado tú o se lo tengo que agradecer a algún otro? —dice Win.

—Creo que ha sido cosa mía —confiesa Raggedy Ann.

Se presenta como la agente especial McClure, del FBI. El tiarrón de traje es Jeremy Killien, de New Scotland Yard. Ahora que Win está al tanto de todo el reparto, sugiere que tal vez convendría emitir una orden de búsqueda, una OBUS, a nombre de Cal Tradd, ya que probablemente es un atracador de bancos, además de ladrón de cobre, y el fin que tenía al atraer allí a la fiscal de distrito era el de amenazarla y chantajearla. Monique y Win montaron todo el tinglado, como parte de una operación encubierta que acaba de irse al garete. Lamont le ve relatar la historia sin un mero destello de gratitud en la mirada por estar salvándole el cuello.

—¿Qué operación encubierta? —pregunta McClure, desconcertada.

Win se frota la cabeza y dice:

—Monique y yo llevamos una temporada siguiéndole los pasos a un tipo. Estamos al tanto de cómo me sigue, y cómo luego empezó a seguirla a ella, por no hablar de su maniática obsesión con cubrir los crímenes que, según sospechamos, él mismo estaba cometiendo. Un típico comportamiento sociopático. Un niño prodigio de diecisiete años, bueno, en realidad dieciséis, cumple los años el mes que viene, protegido y controlado toda su vida, hasta que por fin se fue a estudiar a la universidad, más joven de lo habitual para un alumno de primer curso.

El semblante de Lamont no trasluce nada, pero Win no tiene la menor duda de que no lo sabía. Ni siquiera ella se rebajaría hasta el punto de acostarse con un menor, si es eso lo que han estado haciendo los dos cuando se reunían en la misma casa que probablemente Cal ha estado destrozando para llevarse todo el cobre. Y luego sacar fotografías. Como recuerdo, tal como ha hecho en otras muchas casas. Delitos para disfrutar, no porque le haga falta dinero. Hay que ver, un supercriminal. Hace reportajes de sus propios robos de cobre, coleguea con la misma gente que investiga sus delitos e incluso se pasa por la piedra a la fiscal de distrito. Vaya niño prodigio.

—Esto es una auténtica vergüenza —dice Killien, asqueado.

—¿De quién ha sido la brillante idea de cortar la electricidad? —Win mira a McClure—. Vaya, vaya, muchachos. El maldito FBI. Y luego, ¿qué? —Mientras se frota la cabeza—. ¿Habéis llamado a la compañía eléctrica para que vuelvan a conectarla? Qué maravilla tener contactos así. Sin intención de hacer ningún juego palabras. —A Stump—. No me hace falta ninguna ambulancia. —Se vuelve a tocar el chichón en la cabeza—. A decir verdad, me siento más inteligente. ¿No es verdad que algunas personas a las que golpean en la cabeza con una linterna acaban teniendo un coeficiente intelectual más elevado?

—¿Qué operación encubierta? —A Stump no le hace ninguna gracia.

No se la hace a nadie. Todo el mundo lo mira con cara de pocos amigos.

—A mí nunca me mencionaste ninguna operación encubierta —dice Stump.

—Bueno, tú tampoco fuiste precisamente franca conmigo. Al menos no con respecto a la agente especial Raggedy Ann.

—Me llamo McClure —le corrige la agente del FBI.

—Una huella en una lata de Fresca —le dice Win a Stump—. Una huella en una nota entregada en mi apartamento. Ninguna coincidencia en la base de datos AFIS, lo que significa que la persona que las dejó no cumplió ninguna sentencia en la cárcel por acuchillar a su chulo, maldita sea. Y desde luego no tiene antecedentes penales en absoluto. Y ahora que sé que es del FBI, una no sé qué secreta, no me sorprende que no aparezcan las huellas en su expediente para poder excluirlas.

—No podía contártelo —se defiende Stump.

—Ya lo entiendo —responde Win—. Naturalmente, no podías contarme que esa Raggedy Ann era en realidad una confidente que es en realidad una agente del FBI que me está espiando porque en realidad espía a Lamont.

—Me parece que debería volver a tumbarse —le advierte Killien.

Stump sigue explicándose:

—Al ver que estabas tan decidido a seguirla, tuve que pergeñar el asunto de Filippello Park, hacer que entregara la nota y todo lo demás, para que diera la impresión de que no tenía otra alternativa que reconocer que era una confidente, logrando así que dieras marcha atrás antes de averiguar que era del FBI. Ya sabes cómo va eso. No delatamos a nuestros confidentes, y si te hubiera facilitado esa información sin problemas, habrías abrigado sospechas. Así que tenía que inventarme algo. Tenía que dar la impresión de que no tenía otra alternativa que cargarme su tapadera y ordenarte que te mantuvieras alejado de ella.

Se sostienen la mirada un momento.

—Lo siento —dice Stump.

—Entonces, ¿a qué viene esta fiesta? —pregunta Win a todos los presentes—. ¿Qué hacemos aquí? Porque no se trata de Janie Brolin, y no se trata de Cal Tradd.

—Me parece que la respuesta más sencilla es que estamos aquí debido a su fiscal de distrito —le dice Killien a Lamont—. Huérfanos rumanos. Grandes transferencias de dinero, que llamaron la atención sobre sus cuentas, despertaron el interés del FBI, de Seguridad Interna, también de Scotland Yard, por desgracia.

—Lo que debería hacer es meteros un pleito de aúpa a todos y cada uno —se revuelve Lamont.

Y McClure le responde:

—Sus mensajes electrónicos con...

—Con Cal. —Lamont se adjudica un papel que nadie desempeña mejor que ella: otra vez la fiscal de distrito—. Creo que el investigador Garano ha dejado claro lo que hemos estado haciendo desde que empezaron los atracos a bancos y robos de cobre en serie aquí en el condado de Middlesex. Esa parte de nuestra operación encubierta era mi contacto con Cal, que ha sido, por decirlo con tacto, interesante.

—¿Sabías que estaba en contacto por correo electrónico con Cal Tradd? —le pregunta Stump a McClure.

—No. No sabíamos a quién enviaba los correos. La

dirección IP nos remitía a Harvard. Un código de ordenador no sirve de nada a menos que encuentres el ordenador para compararlo...

—Ya sé cómo va eso.

Probablemente le caía mejor McClure cuando era Raggedy Ann.

—El correo más reciente indicaba que se encontraría con esa persona de interés... —empieza a decir McClure.

—Cal —puntualiza Lamont—. Que me encontrara con él en el sitio de siempre a las diez. Lo que quería decir aquí a las diez.

—Él no se ha presentado —apunta Killien.

—Probablemente ha visto la muchedumbre que bramaba en el horizonte y se ha largado —dice Win—. El chaval está acostumbrado a zafarse de la poli. Tiene un radar para eso. Así que aparecéis vosotros y mandáis al cuerno todo lo que Monique y yo llevábamos meses preparando. Y ése es el problema cuando uno monitoriza los contactos por correo electrónico, ¿verdad? Sobre todo cuando estás encubierto y controlas el correo de otra persona que también está encubierta, una operación secreta que investiga lo que resulta ser otra operación secreta, y todo el mundo acaba escaldado.

Dos noches después, en el Club de Profesores de Harvard.

Ladrillo de estilo renacentista georgiano, retratos antiguos en paredes revestidas de caoba, candelabros de bronce, alfombras persas, los habituales arreglos de flores frescas en la entrada, tan familiares y con el objeto de hacerle sentir fuera de lugar. No es culpa de Harvard, sólo otra de las sutilezas de Lamont, que siempre queda con él en el Club de Profesores cuando necesita sentirse poderosa, o más poderosa de lo habitual, bien porque se siente secretamente insegura o bien porque le necesita, o las dos cosas.

Win toma asiento en el mismo sofá antiguo en el que siempre se sienta, con el tictac de un reloj de caja como recordatorio de que Lamont lleva un minuto de retraso, dos minutos, tres, diez. Ve a la gente ir y venir, todos esos académicos, dignatarios y conferenciantes de paso, o familias de renombre que vienen de visita para investigar si deben enviar allí a sus renombrados hijos. Si algo le gusta de Harvard es que es como una inestimable obra de arte. Uno nunca la posee; nunca se la merece. Sencillamente tiene el privilegio de visitarla durante una temporada, y es mucho mejor persona de resultas de esa asociación, aunque la institución no lo recuerde. Probablemente nunca fuera consciente siquiera de su presencia. Eso es lo que le entristece de Lamont, por mucho que la deteste en ocasiones, que le parezca despreciable en ocasiones.

Lo que ella tiene nunca será suficiente.

Lamont irrumpe cerrando el paraguas y se sacude la lluvia del abrigo al tiempo que se lo quita, camino del guardarropa.

—¿Te has dado cuenta de que siempre que nos reunimos aquí llueve? —le pregunta Win mientras se dirigen hacia el comedor y toman asiento en su mesa de costumbre, junto a un ventanal con vistas a la calle Quincy.

—Me hace falta una copa —dice ella—. ¿Y a ti? —Esboza una sonrisa tensa, sin apenas contacto visual.

Esto no puede resultarle fácil a Lamont; busca al camarero y decide que puede estar bien pedir una botella de vino. ¿Blanco o tinto? Win dice que le da igual.

—¿Por qué lo hiciste? —pregunta al tiempo que alisa la servilleta de lino sobre el regazo y tiende la mano hacia el vaso de agua—. Los dos sabemos, y lo digo para que quede constancia, que esta conversación no sólo no volverá a tener lugar, sino que nunca lo ha tenido.

—Entonces, ¿para qué molestarse? —replica él—. ¿Para qué me invitas a cenar si lo único que querías era hablar de no hablar y arrancarme la promesa de que nunca hablaríamos de no volver a hablar?

—No estoy de ánimo para juegos de palabras.

—Entonces, dispara. Te escucho.

—La Fundación de Derecho Internacional —dice ella—. La fundación de mi padre.

—Creo que a estas alturas todos sabemos qué es la FDI. O en qué la has convertido: una sociedad limitada, una tapadera para proteger y escudar a la persona detrás de la adquisición de una ruina victoriana de varios millones de dólares que llevará años remozar. Es una pena que no escogieras algún otro nombre, no puedo por menos de preguntarme por el karma asociado con la elección del nombre de un padre que siempre te trató como a...

—Me parece que tú no eres quién para hablar de mi padre.

Llega el camarero con una cubitera plateada y una estupenda botella de Montrachet. La descorcha y Lamont la cata. Dos copas llenas, el camarero ausente, y ella empieza a consultar el menú.

—No recuerdo lo que sueles pedir aquí. —Cambia de tema.

Win lo retoma.

—Creo que estoy más autorizado a hablar de tu padre que cualquier otra persona que conozcas, porque, al final de la jornada, Monique, es él la razón de que te hayas metido en un lío que podría...

—No me hace falta oír tu versión de lo que podría haber ocurrido. —Bebe el vino—. ¿De veras te sorprende que me comprara otra casa? ¿Que quizá no quiera seguir viviendo en la misma? Tal vez paso muy poco tiempo allí, apenas nada. En realidad, alquilé un apartamento en el Ritz, pero ir y volver a Boston en coche no me hace mucha gracia.

—Entiendo por qué compraste una casa. Entiendo por qué quieres deshacerte de la que tienes ahora. Lo que no llegué a entender es cómo pudiste pasar allí una sola noche más después de lo que ocurrió. —Todo ello dicho con cautela—. Pero vamos a analizar la concatenación de sucesos y cómo ciertas cuestiones emocionales subyacentes te predispusieron a algo que no quieres que se repita, nunca.

Ella mira en torno para asegurarse de que nadie los está escuchando, contempla la lluvia, el alumbrado de gas y los lustrosos adoquines, su rostro afectado por la tristeza un instante.

—Tu padre murió el año pasado —continúa Win en voz queda, acercándosele para imprimir trascendencia a la conversación, con los codos sobre el mantel blanco—. Te dejó a ti la mitad de todo. No es que antes te faltara de nada, pero ahora tienes lo que la mayoría de la gente considera una fortuna. Aun así, eso no justifica tu comportamiento a partir de ese momento. Tú nunca has sido pobre, así que para que te hayas convertido en una manirrota que despilfarra a espuertas tiene que estar ocurriendo algo más. Cientos de miles de dólares en ropa, un coche, quién sabe qué más, todo en efectivo. Millones en una casa cuando ya posees una casa de varios millones de dólares, y alquilas alojamiento en el Ritz. Pasta, más pasta, montones de pasta que se transfieren de un banco francés a un banco de Boston, a quién sabe cuántos bancos.

—Mi padre tenía cuentas bancarias en Londres, Los Ángeles, Nueva York, París, Suiza. ¿Cómo se transfieren grandes cantidades de dinero si no es por medio de giros bancarios? La mayoría de la gente no se sirve de maletines. Y pagar en efectivo la ropa, los vehículos, es lo que he hecho siempre. No hay que comprar nunca a crédito cosas que empiezan a depreciarse en el instante en que sales por la puerta del comercio. ¿Por lo que respecta a la casa en Brattle? En este mercado tan espantoso, la obtuve casi regalada en comparación con lo que valdrá una vez la remoce, cuando llegue el día en que se recupere nuestra economía, si alguna vez llega. No me hacía falta una hipoteca para obtener deducciones fiscales, y lo cierto es que no me apetece hablar contigo de los pormenores de mi cartera financiera.

—El caso es que transferiste enormes sumas de dinero, hiciste inmensas adquisiciones en metálico, te abandonaste a un derroche impropio de ti hasta la fecha, y te conozco desde hace una buena temporada. Hiciste donaciones a organizaciones benéficas que no te molestaste en comprobar. Luego te involucras con...

—Nada de nombres. —Levanta la mano.

—Qué conveniente poseer una casa en la que no vives y que no está a tu nombre —observa Win—. Un buen lugar para tener un par de encuentros. O tres o cuatro. Sería mala idea celebrar esos encuentros en el Ritz. O en una casa donde los vecinos te conocen y quizá te observan por la ventana. No es adecuado tener encuentros en alojamientos universitarios. —Toma un sorbo de vino—.

Con un universitario. —Levanta la copa—. Esto es bastante bueno.

Ella desvía la mirada.

—¿Qué va a salir a la luz ante los tribunales?

—Es difícil imaginar que se trata de un menor. A mí no se me habría pasado por la cabeza.

—Mintió.

—No lo comprobaste.

—¿Por qué iba a hacerlo?

—¿Viste alguna vez marcas de aguja en sus manos, hablando de no comprobar cosas? En las yemas de los dedos, las palmas.

—Sí.

—¿Le preguntaste al respecto?

—Inyecciones de botox para que no le sudaran las manos —responde ella—. Su padre es cirujano plástico. Eso ya lo sabes. Empezó a suministrárselas cuando salía al escenario. Ya sabes, conciertos de piano, para que los dedos no le resbalaran sobre las teclas. Ahora sigue utilizando botox porque toca los teclados, está acostumbrado a ello.

—Y tú te lo creíste.

—¿Por qué no iba a creérmelo?

—Ya lo imagino —reconoce Win—. A mí tampoco se me hubiera pasado por la cabeza. A menos que ya sospechara de esa persona. Por no hablar de que nunca he oído de nadie que haga nada semejante: botox en las yemas de los dedos. Tiene que doler de la leche.

—No sería infalible —aduce Lamont.

—Nada lo es. Pero entras en un banco, pasas una nota por debajo del cristal y tienes las manos limpias y secas. No hay huellas en el papel.

—Si piensas demostrarlo, buena suerte.

—Tenemos su huella en cobre, a falta de mejor término para denominarla. En el envoltorio de cámara que se dejó como un estúpido en la cocina de tu nueva casa antigua. No te preocupes. Va a pasar entre rejas una buena temporada —le asegura Win.

—¿Qué va a ocurrir?

—No entiendo tu pregunta —dice él.

Ella le lanza esa mirada suya.

—Claro que la entiendes.

El camarero se acerca a ellos, capta el gesto de Lamont y se retira.

—Es un embustero patológico —dice Win—. ¿La única vez que hubo un encuentro presenciado por otras personas? Bueno, no sólo no estaba él presente, sino que los testigos estaban al tanto de una operación secreta que explica diversos mensajes de correo electrónico que, francamente, los federales y otros organismos policiales tal vez no deseen que trasciendan al público. Sobre todo teniendo en cuenta que la Ley Patriótica disfruta en estos momentos de la misma popularidad que la peste bubónica.

—Tú ya estuviste antes —dice ella—. En la casa, y me viste regresar a mi coche. Y lo que llevaba conmigo. Y todo lo demás.

—No hay ninguna prueba de ello, y a él no lo vi esa noche. He de reconocer, no obstante, que no me hace gracia que alguien se pasee por ahí con mi piel. Formaba parte del subidón. Robar mis pertenencias...

—¿Tendiéndote una trampa?

—No, hurtándome, psicológicamente —responde Win—. Probablemente se remonta a lo que dijo su madre de mí cuando buscaban apartamento, un comentario que tuvo que hacerle sentir más inepto y resentido de lo que ya se sentía. En cualquier caso, supongo que, a su modo, se calzó mi piel, caminó en mis zapatos. Me venció a su extraña manera. Tú no te bebiste el vino que me robó.

—No estaba de ánimo —dice, y vuelve a lanzarle su mirada—. No estaba de ánimo para nada, a decir verdad. Había perdido el ánimo muy pronto, lo que no le sentó nada bien, si sabes a qué me refiero.

—El juguetito se vuelve aburrido.

—Preferiría que no hicieras comentarios así.

—Así que en aquella ocasión, la que más o menos presencié, las cosas no fueron bien. Cuando te vi salir del palacio de justicia, parecías estar en plena discusión. Hablabas por el móvil. Parecías disgustada, de manera que te seguí.

—Sí, discutía. No quería ir allí, a la casa. Se mostró persuasivo. Estaba al tanto de cosas sobre mí. Me puso difícil negarme. Voy a ser sincera por un momento y a decirte que no sabía cómo iba a salir del asunto. Y más aún, no tengo ni idea de cómo me metí en él ya para empezar.

—Voy a ser sincero por un momento y te voy a decir cómo ocurrió. En mi opinión —responde Win—, cuando nos sentimos indefensos, hacemos cosas que nos hacen sentir poderosos. Nuestro aspecto. Nuestra ropa. Nuestras casas. Nuestros coches. Pagamos en efectivo. Hacemos todo lo que esté en nuestra mano para sentirnos deseables. Atractivos. Incluido, bueno, tal vez incluso el exhibicionismo. —Hace una pausa—. A ver si lo adivino. Filmó esos vídeos para YouTube, pero no fue idea suya, sino tuya. Otra cosa sobre ti de la que estaba al tanto.

El silencio de Lamont es su respuesta.

—He de reconocerlo, Monique. Creo que eres la mujer más astuta que he conocido.

Ella bebe su vino.

—¿Y si cuenta algo al respecto? A la policía, o peor aún, ante los tribunales —dice Lamont.

—¿Te refieres a si airea tus trapos sucios, por así decirlo? ¿Los que fuiste lo bastante avispada como para no dejar en el escenario después de...?

—Si dice algo sobre lo que sea —le interrumpe ella.

—Es un embustero. —Win se encoge de hombros.

—Es verdad. Lo es.

—¿Sabes qué otra cosa hacemos cuando nos sentimos impotentes? —continúa Win—. Escogemos a alguien seguro.

—Está claro que no. Todo esto ha sido cualquier cosa menos seguro.

—Queremos sentirnos deseables pero a salvo —insiste Win—. La mujer madura y poderosa. Adorada pero a salvo, porque lleva las riendas. ¿Qué podía ser más seguro que un muchacho brillante con dotes artísticas que te sigue como un cachorrillo?

—¿Crees que Stump es alguien seguro? —pregunta Lamont, que hace un gesto con la cabeza al camarero.

—¿Lo que significa...?

—Creo que ya sabes lo que significa.

Ella tomará ensalada con vinagreta y una ración doble de *carpaccio* de atún con *wasabi*. Él pide el bistec de siempre. Una ensalada. Sin patata.

—Somos buenos amigos —dice Win—. Trabajamos y jugamos bien en equipo.

Es evidente que Lamont quiere saber dos cosas, pero no tiene ánimo suficiente para preguntarlas: si Win está enamorado de Stump y si ella le contó lo que ocurrió hace un montón de años cuando Lamont se emborrachó en Watertown.

—Voy a preguntártelo de nuevo —insiste Lamont—. ¿Es alguien seguro?

—Voy a responderte de nuevo. Somos buenos amigos. Me siento perfectamente a salvo. ¿Y tú?

—Espero que te reincorpores a la unidad el lunes —dice Lamont—. Así que no sé si vas a trabajar mucho más con ella. A menos, claro está, que se cometa un homicidio y aparezca en esa furgoneta tan ridícula. Lo que me lleva a un último asunto, esa organización que puso en marcha.

—El Frente.

—¿Qué deberíamos hacer al respecto?

—No creo que podamos hacer gran cosa —contesta Win—. Ha entrado como un frente, haciendo honor a su nombre, en buena medida. No vas a librarte del asunto.

—No estaba sugiriendo tal cosa —dice Lamont—. Me preguntaba qué podemos hacer para ayudarles, si eso la complace.

—¿Si complace a Stump?

—Sí, a ella. Si la mantiene feliz, y hace que siga siendo alguien seguro.

—Yo, en tu lugar, lo haría —asiente Win—. Cabe decir sin miedo a equivocarse que sería la actitud más inteligente.

OTROS TÍTULOS
DE LA COLECCIÓN

EL LIBRO DE LOS MUERTOS

Patricia Cornwell

El Libro de los Muertos es el registro del depósito de cadáveres, el libro en el que se inscribe a mano cada nuevo caso. Para Kay Scarpetta, sin embargo, este término está a punto de adquirir un nuevo significado.

Tras librar una dura batalla contra un psicópata en Florida, la brillante y mordaz doctora Kay Scarpetta ha decidido instalarse en Charleston. Allí establece una consulta de patología forense en la que trabaja con su equipo: su sobrina Lucy Faranelli, Pete Marino y Rose. La nueva situación parece idílica, pero pronto empiezan a sucederse asesinatos aterradores y desconcertantes: una joven y famosa tenista norteamericana aparece mutilada en Roma; el cadáver de un niño sin identificar es encontrado en Carolina del Sur; una mujer es víctima de un asesinato ritual en su lujosa casa de la playa.

Scarpetta y su pareja, el psicólogo forense Benton Wesley, habrán de enfrentarse a la resolución de todos estos casos. Sus averiguaciones pronto les llevarán a esclarecer las contradicciones y empezarán a encontrar inquietantes conexiones entre los distintos crímenes. Todo indica que se enfrentan a un asesino más mortífero de lo habitual...

UNA MUERTE SOSPECHOSA

David Baldacci

En un mundo de conspiraciones, información confidencial y secretos de Estado, la genialidad significa poder. Aunque a veces, simplemente, acarrea la muerte.

A tres horas de Washington, un río fuertemente custodiado sirve de frontera de dos instituciones. Una de ellas es una inusual comunidad científica, de la que nadie conoce sus objetivos ni su fuente de financiación. La otra es territorio de la CIA: Camp Peary, un campo de formación de élite secreto. Ahora, un hombre y una mujer están a punto de abrir una brecha en estas dos organizaciones.

Las vidas de Sean King y Michelle Maxwell, ex agentes secretos convertidos en investigadores privados, no atraviesan un buen momento. Además, Sean se ve forzado a aceptar en solitario una ingrata investigación: la sospechosa muerte de un científico en la comunidad que se sitúa frente a Camp Peary. Pronto descubre múltiples capas de desinformación que protegen un sensacional mundo de matemáticos de élite, físicos, héroes de guerra, espías y agentes muertos. Y pronto sabe lo suficiente como para poner su vida en peligro...

JUEGOS DE INGENIO

John Katzenbach

Susan Clayton trabaja en la sección de pasatiempos y enigmas de una revista. Un día es sorprendida por una nota anónima que le espera en el buzón de su casa. Horrorizada, descifra el mensaje oculto: «Te encontré.» El mensaje es realmente inquietante, más aún en el mundo en que se han convertido los Estados Unidos: incapaces de frenar la escalada de la violencia, todo el mundo atesora armas para protegerse.

Sólo una comunidad ha logrado sobreponerse a este mundo de inseguridad y crímenes: a cambio de renunciar a algunos derechos y libertades, el Territorio del Oeste ofrece una zona protegida que aspira a convertirse en el estado número cincuenta y uno de la Unión.

Pero tal vez no sea tan fácil escapar al horror. Un agente del Servicio de Seguridad del nuevo territorio visita al hermano de Susan, un experto profesor universitario especializado en asesinos en serie, para requerir sus servicios. Una oleada de asesinatos está asolando el estado cincuenta y uno. El principio de la cadena parece remontarse muchos años atrás, y puede que los Clayton tengan elementos para luchar contra él.